TOKIMEKI YUME B

小《しょう》公《こう》女《じょ》

F・H・バーネット 作

同時収録
『ピーター・パンとウェンディ』
J・M・バリ 作

トキメキ夢文庫

もくじ

小《しょう》公《こう》女《じょ》

第《だい》1章《しょう》 セーラ、学校《がっこう》に入《はい》る

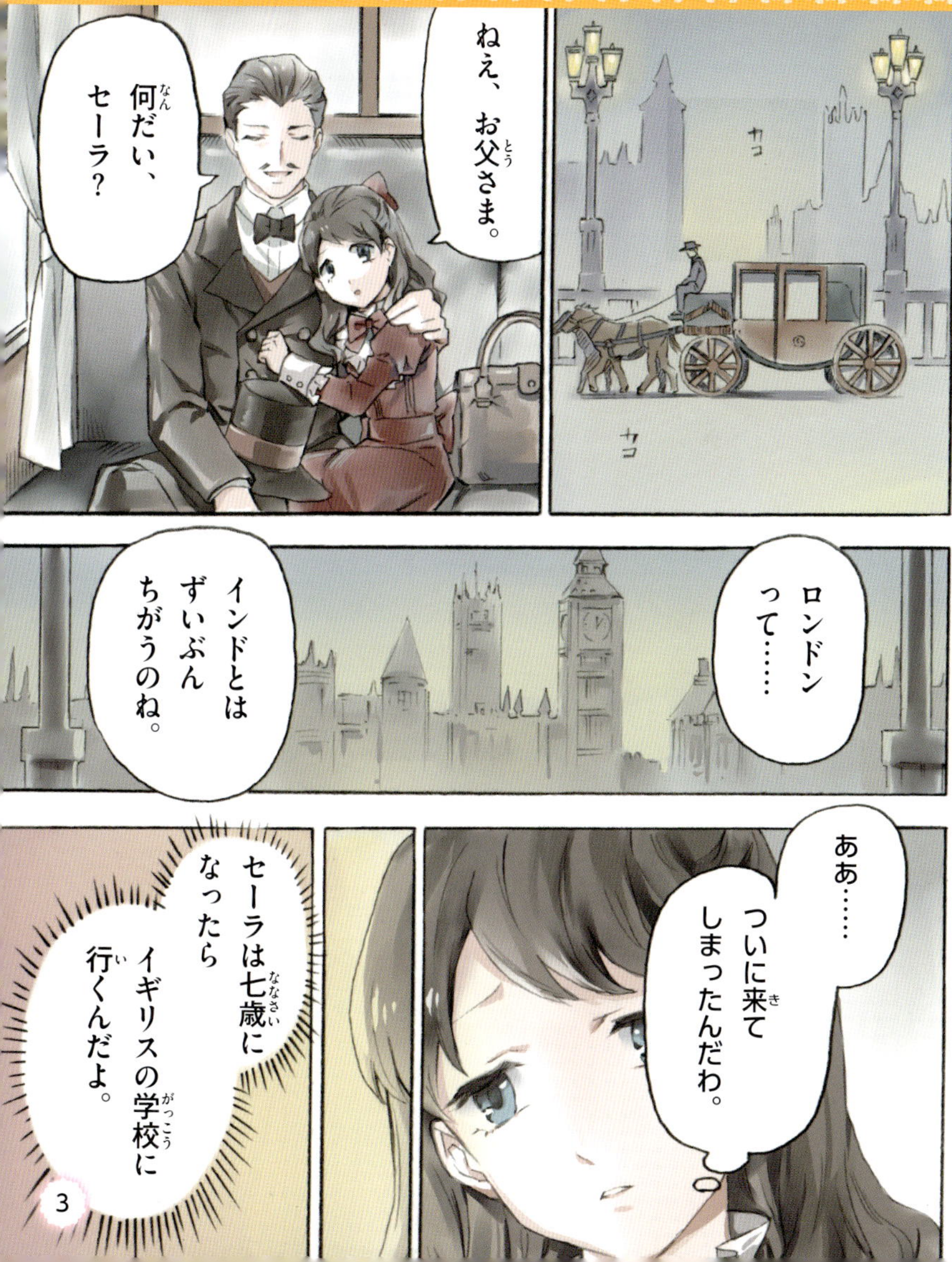

……
イギリス？
ああ。
そこで、同《おな》じ年《とし》ごろの女《おんな》の子《こ》たちと勉強《べんきょう》しながら暮《く》らすんだ。
いやよ、
ずっとお父《とう》さまといっしょにいたいわ。
ママはいなかったけど
大好《だいす》きなお父《とう》さまがいて
身《み》の回《まわ》りの世話《せわ》をしてくれるやさしい人《ひと》たちがいた
インドでの暮《く》らしが

大《だい》好《す》きだったのに。
お父《とう》さまとはなれて暮《く》らすなんて——。
コンコン
さあ、着《つ》きましたよ。
……。

わたし、ここは好《す》きじゃないわ。
でも……勇《いさ》ましい兵隊《へいたい》さんだって、
本当《ほんとう》は戦争《せんそう》に行《い》くのが好《す》きじゃないのよね？
ふっ
あははっ
そういうセーラの考《かんが》え方《かた》が、
パパは何《なに》より大好《だいす》きだよ！
？

クルー大尉《たいい》、
ようこそわが学院《がくいん》へ。
わたしが院長《いんちょう》の
ミンチンでございます。
どうぞよろしくお願《ねが》いします。ミンチン先生《せんせい》。
はじめまして、ミンチン先生《せんせい》。セーラ・クルーです。
こんなに美《うつく》しいおじょうさまをおあずかりさせていただくなんて、
オホホ
学院《がくいん》の名誉《めいよ》です！
おうわさではとても優秀《ゆうしゅう》でいらっしゃるとか。
……。
わたしなんて別《べつ》に美人《びじん》じゃないのに……。
この人《ひと》……ミンチン先生《せんせい》ってうそつきだわ。

わたしたちが責任《せきにん》を持《も》ってお世話《せわ》させていただきますから、何《なに》もご心配《しんぱい》にはおよびません。

セーラさんには特別《とくべつ》に寝室《しんしつ》と居間《いま》つきの部屋《へや》をご用意《ようい》してありますし、専用《せんよう》の馬車《ばしゃ》も……。

ありがとうございます。

この子《こ》が欲《ほ》しがるものは何《なん》でも買《か》いあたえてやってください。

もちろん、お世話《せわ》になる学院《がくいん》には
しっかり寄付金《きふきん》を用意《ようい》します。

そうこなくっちゃ。

ニヤ…

この子《こ》は、読書《どくしょ》や勉強《べんきょう》が好《す》きすぎるんです。

ときには年《とし》ごろの女《おんな》の子《こ》らしい遊《あそ》びもしてほしいと思《おも》っているんですよ。勉強《べんきょう》ばかりしているようなら街《まち》に出《で》てお人形《にんぎょう》でも買《か》ってやってください。

あら、お父《とう》さま。

お人形《にんぎょう》はそんなにいらないのよ。エミリーさえいれば十分《じゅうぶん》だもの。
？
エミリーというのは？
まだ持《も》ってないお人形《にんぎょう》だけど、名前《なまえ》だけは決《き》まっているんです。
これからお父《とう》さまと探《さが》しに行《い》くんですけど……。
お父《とう》さまのことをいっぱいおしゃべりしたり、一番《いちばん》の仲《なか》よしになるお人形《にんぎょう》なんです。
……。
ポカン…
ホホホ、
なんておもしろいおじょうさんなんでしょう。
ますます感心《かんしん》しましたわ！
……。

すみません。
いらっしゃいませ。
これ全部《ぜんぶ》つつんでください。
あと向《む》こうの服《ふく》も。
ドン
サッ
ありがとう。
またお越《こ》しくださいませ～。
すごいわね。
ヒソ
ヒソ
あの女《おんな》の子《こ》、外国《がいこく》のお姫《ひめ》さまなのかもしれないわね。
う～ん、
この子《こ》はエミリーじゃないわ。
わたしの話《はなし》をちゃんと聞《き》いてくれる子《こ》じゃなくちゃ…。

……なかなか見《み》つからないね。
でも、すぐに会《あ》ったら
わかるはずなの。
あ、お父《とう》さま！
見《み》て！
ここにいたわ！
この子《こ》がエミリーだわ！

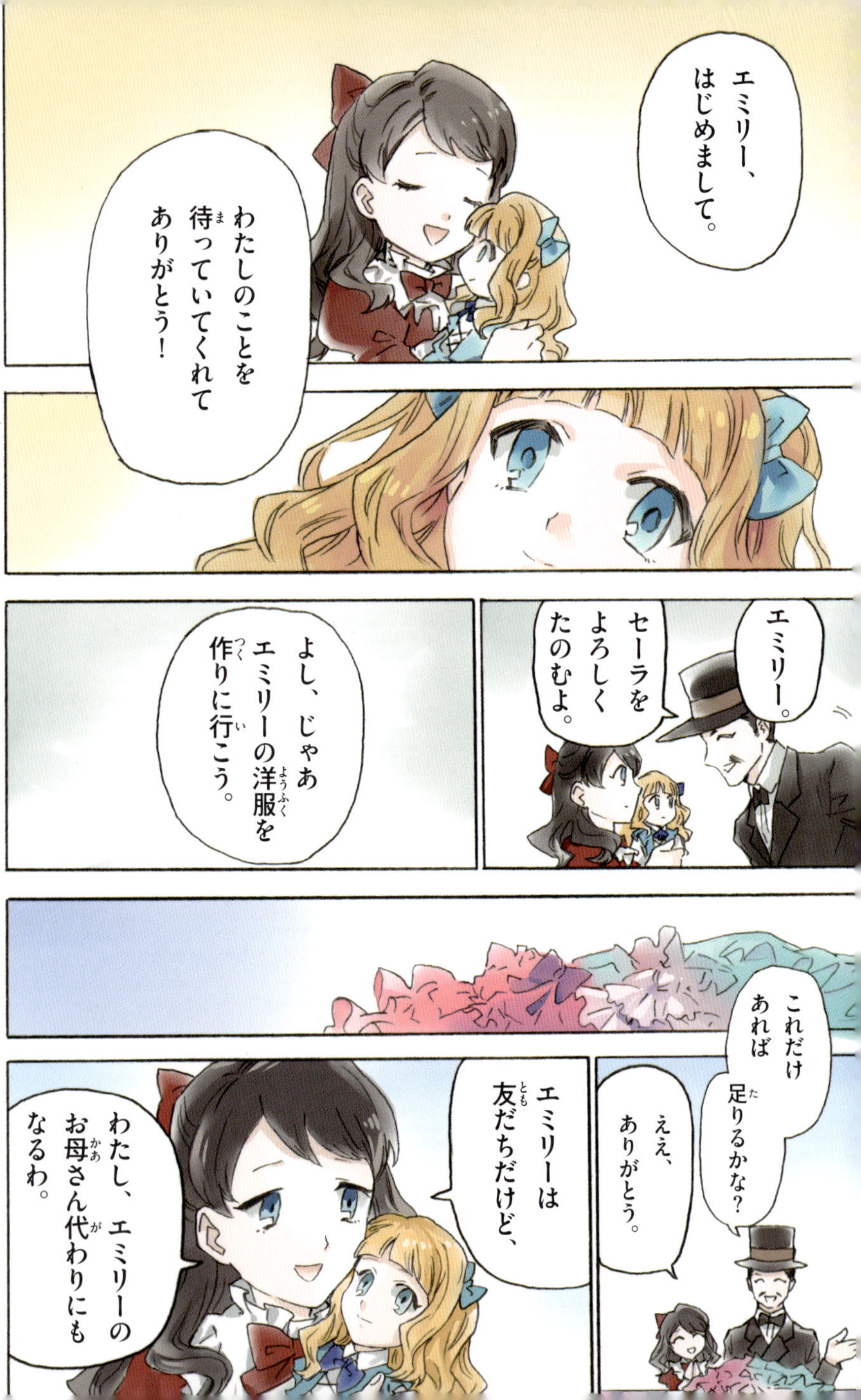
エミリー、はじめまして。
わたしのことを待《ま》っていてくれてありがとう！
エミリー。
セーラをよろしくたのむよ。
よし、じゃあエミリーの洋服《ようふく》を作《つく》りに行《い》こう。
これだけあれば足《た》りるかな？
ええ、ありがとう。
エミリーは友《とも》だちだけど、
わたし、エミリーのお母《かあ》さん代《が》わりにもなるわ。

いよいよ
明日《あす》は、インドにもどらなくてはならない。
セーラ、パパがどんなにさびしいか、
おまえにはわからないだろう……。
それでは、セーラが欲《ほ》しがるものは何《なん》でも買《か》ってやってください。
請求書《せいきゅうしょ》を送《おく》ってくれればすぐに支払《しはら》います。
この子《こ》はしっかりしているので、むだなものは欲《ほ》しがりませんから。
ええ、もちろんでございます。

セーラ、週《しゅう》に二回《にかい》は手紙《てがみ》を書《か》くからね。
ええ、お父《とう》さま。
じっ……
セーラ、パパの顔《かお》を覚《おぼ》えておこうとしているのかい？
ちがうわ。
お父《とう》さまの顔《かお》を忘《わす》れるわけないわ。
だって、お父《とう》さまはわたしのなかにいるもの……。

姉《ねえ》さん。
アメリア、
セーラの様子《ようす》はどうだった？
さびしがっていたらなぐさめてあげようと思《おも》ったのに、
『今《いま》はひとりでいたいんです』って、部屋《へや》に入《い》れてもらえなかったわ。
本当《ほんとう》に変《か》わった子《こ》ね。
ふん。
大泣《おおな》きされるより手《て》がかからなくていいけど。
七歳《ななさい》にしちゃ大人《おとな》びていて気味《きみ》が悪《わる》いね。
それにしても……姉《ねえ》さん、あの子《こ》の荷物《にもつ》を見《み》た？
見《み》たこともないくらい高価《こうか》な品《しな》ばっかりよ。
あんな小《ちい》さい子《こ》に、まったくばからしい！
まあでも、

日曜日《にちようび》に生徒《せいと》たちを教会《きょうかい》に連《つ》れていくとき、
あの子《こ》を先頭《せんとう》に立《た》たせたら見栄《みば》えがいいわね。
うちの学院《がくいん》の評判《ひょうばん》も上《あ》がるってものよ。
ああ、早《はや》く大《おお》きくなりたい……。

大《おお》きくなったら
ずっとお父《とう》さまのそばで
小《ちい》さな貴《き》婦《ふ》人《じん》として
おくさまのように
よりそうんだわ。
セーラ、
少《すこ》しの間《あいだ》のしんぼうよ。

登《とう》場《じょう》人《じん》物《ぶつ》紹《しょう》介《かい》

物語《ものがたり》の中心《ちゅうしん》となる登場人《とうじょうじん》物《ぶつ》です。

アーメンガード

セーラの親友《しんゆう》。おっとりしていて、自分《じぶん》に自信《じしん》がないが、素直《すなお》な性格《せいかく》。勉強《べんきょう》が苦手《にがて》。三《み》つ編《あ》みとリボンがチャームポイント。

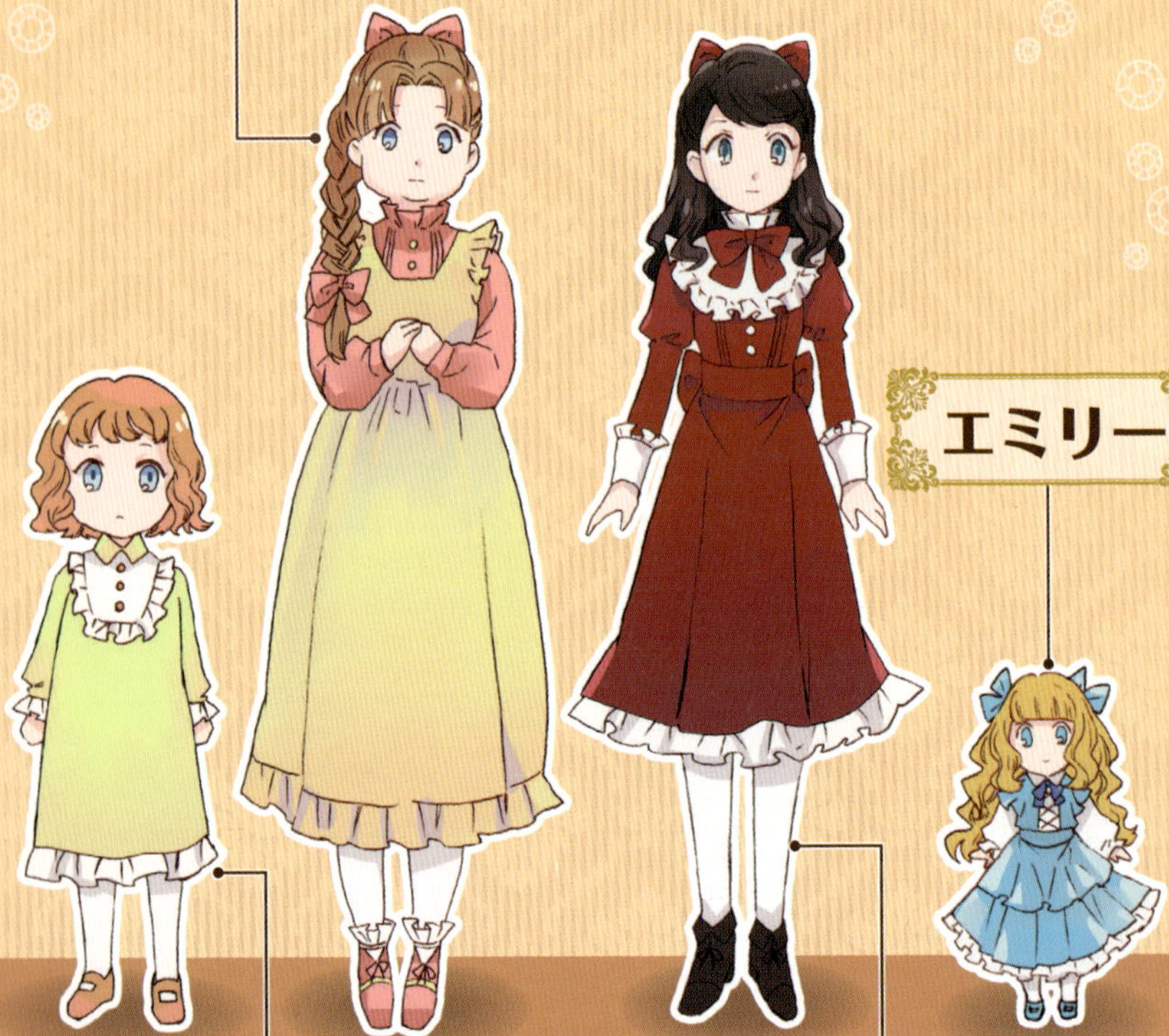

エミリー

ロッティ

4歳《さい》。母親《ははおや》がおらず、さびしさからまわりの人《ひと》をこまらせている。やさしくしてくれるセーラをママと呼《よ》んでしたう。

セーラ

主人公《しゅじんこう》。本《ほん》が好《す》きで、空想《くうそう》のお話《はなし》をするのが大好《だいす》き。やさしい心《こころ》の持《も》ち主《ぬし》で、だれにでも親切《しんせつ》にしている。人形《にんぎょう》のエミリーは大切《たいせつ》な友《とも》だち。

ミンチン先生《せんせい》

ミンチン女子学院《じょしがくいん》を経営《けいえい》して、勉強《べんきょう》も教《おし》えている。お金《かね》が一番大事《いちばんだいじ》だと思《おも》っている。セーラのことがきらいでつめたくあたる。

ラルフ・クルー

セーラの父親《ちちおや》。セーラを深《ふか》く愛《あい》しており、「小《ちい》さなおくさん」と呼《よ》ぶ。インドで軍人《ぐんじん》として働《はたら》いているため、セーラとはなればなれで暮《く》らしている。

ベッキー

14歳《さい》。ミンチン女子学院《じょしがくいん》で下《した》働《はたら》きをしている。お腹《なか》いっぱい食《た》べさせてもらえず、いつもお腹《なか》をすかせている。セーラにあこがれている。

名《めい》場《ば》面《めん》集《しゅう》

「小公女《しょうこうじょ》」とはどんな物語《ものがたり》なのでしょうか。
物語《ものがたり》のカギとなるシーンを紹介《しょうかい》します。

エミリーとの出会《であ》い（第《だい》1章《しょう》）

大好《だいす》きなお父《とう》さまと別《わか》れる前《まえ》に出会《であ》った人形《にんぎょう》のエミリー。ずっとそばにいる大《たい》切《せつ》な存在《そんざい》に。

『わたしたちは同《おな》じような、ただの女《おんな》の子《こ》よ』

友《とも》だちになる（第《だい》3章《しょう》）

物語《ものがたり》に聞《き》き入《い》る下働《したばたら》きの少女《しょうじょ》に興味《きょうみ》を持《も》ったセーラ。ある日《ひ》、偶然《ぐうぜん》二人《ふたり》が出会《であ》うと……。

大好《だいす》きな父親《ちちおや》の死《し》（第《だい》4章《しょう》）

たったひとりの家族《かぞく》のお父《とう》さまが死《し》んだという知《し》らせがとつぜんセーラのもとに‼ セーラにはどんな運命《うんめい》が待《ま》ち受《う》けているのでしょうか⁉

『プリンセスは、
どんなときでも
礼儀正《れいぎただ》しく』

心《こころ》のなかはいつでもプリンセス（第《だい》6章《しょう》）

セーラは、ぼろを着《き》て、ひどい仕打《しう》ちを受《う》けてもプリンセスであり続《つづ》けたいとちかうのです。

セーラが
当時通《とうじかよ》った

寄宿学校《きしゅくがっこう》（パブリックスクール）はどんなところ？

インドからやって来《き》たセーラは、生徒《せいと》や先生《せんせい》といっしょに暮《く》らしながら学《まな》びました。

写真：アフロ

写真《しゃしん》は1440年創設《ねんそうせつ》のイートン校《こう》。

学校生活《がっこうせいかつ》について

19世紀《せいき》のロンドンにはたくさんの寄宿学校《きしゅくがっこう》（パブリックスクール）がありました。この時代《じだい》は、交通手段《こうつうしゅだん》が発達《はったつ》しておらず、家《いえ》から毎日通《まいにちかよ》うことが大変《たいへん》だったからです。また、お金《かね》がたくさんかかるので、お金持《かねも》ちの子《こ》どもしか入《はい》ることができませんでした。教室《きょうしつ》でともに学《まな》んで、ベッドがならぶ大《おお》きな部屋《へや》でみんなでねむる共同生活《きょうどうせいかつ》。アメリアのように身《み》の回《まわ》りのお世話《せわ》をする人《ひと》や、ご飯《はん》をつくったりする使用人《しようにん》も住《す》み込《こ》みで生活《せいかつ》していました。

そんな生活《せいかつ》のなかで、生徒《せいと》たちは勉強《べんきょう》だけではなく、友《とも》だちとお菓子《かし》をわけ合《あ》ってお茶《ちゃ》をしたり、真夜中《まよなか》に先生《せんせい》たちに内緒《ないしょ》でパーティーをしたり……そんなワクワクする体験《たいけん》もたくさんしていたことでしょう。

第《だい》2章《しょう》 初《はじ》めての学《がっ》校《こう》生《せい》活《かつ》

でも、
お金《かね》持《も》ちのおじょうさまだけどちっともえらそうじゃないし、メイドのわたしにも礼儀《れいぎ》正《ただ》しくて……。

本物《ほんもの》のプリンセスってこういう人《ひと》なのかもね。

あたし、見《み》たんだから。

新《あたら》しく来《き》たセーラって子《こ》は、
毛皮《けがわ》のコートや、レースとフリルがついたペチコートをいっぱい持《も》ってるの。

すごいわね。

でも、ミンチン先生《せんせい》は『子《こ》どもがそんなぜいたくなものを持《も》つのはばからしい』って言《い》ってたわ。

うちのお母《かあ》さまも、子《こ》どもはあっさりした服《ふく》を着《き》るものだって言《い》ってるわ。
みなさん、静《しず》かに。
今日《きょう》は新《あたら》しいお友《とも》だち、セーラ・クルーさんをしょうかいします。
セーラはインドという遠《とお》い国《くに》からやって来《き》ました。
仲《なか》よくしてあげてくださいね。
ペコリ
服《ふく》は上等《じょうとう》だけど、かわいくないわね。
目《め》も変《へん》な色《いろ》だし。
でも、何《なん》だかひきつけられる顔《かお》をしているわ。
へえ、ジェシーはあんな子《こ》がかわいいと思《おも》うの？
じろっ
そういうわけじゃないけど……。

さて、一時間目《いちじかんめ》のフランス語《ご》の授業《じゅぎょう》を始《はじ》めましょう。
クルー大尉《たいい》も帰《かえ》ったし……
この甘《あま》やかされ放題《ほうだい》の子《こ》をきっちり教育《きょういく》しなくては。
チラ
セーラ、あなたのお父《とう》さまは、
あなたにフランス人《じん》のメイドをやといましたね。
あなたにフランス語《ご》をよく学《まな》んでほしいと思《おも》っているのでしょう。
えっ…？
お父《とう》さまがよくフランス語《ご》を使《つか》っていたから、話《はな》せるんだけど……。
ちゃんと習《なら》ったことはありませんけど……。
くちごたえはいけませんよ。
勉強《べんきょう》したことがないのなら、みんなよりおくれているんですからね！

フランス語《ご》のデュファージュ先生《せんせい》がいらっしゃるまで、教科書《きょうかしょ》を読《よ》んでいなさい。
パラ
……。
ここに書《か》いてあるのは
簡単《かんたん》な単語《たんご》ばかりだわ。
あの…。
セーラ、あなたはフランス語《ご》を学《まな》ぶ気《き》がないようですね。
いえ、でも……。
みなさん、おはようございます。
デュファージュ先生《せんせい》。
あそこにいるのが、新入生《しんにゅうせい》のセーラです。
フランス語《ご》を覚《おぼ》える気《き》がさらさらないようですが、
きびしく教《おし》えてやってください。

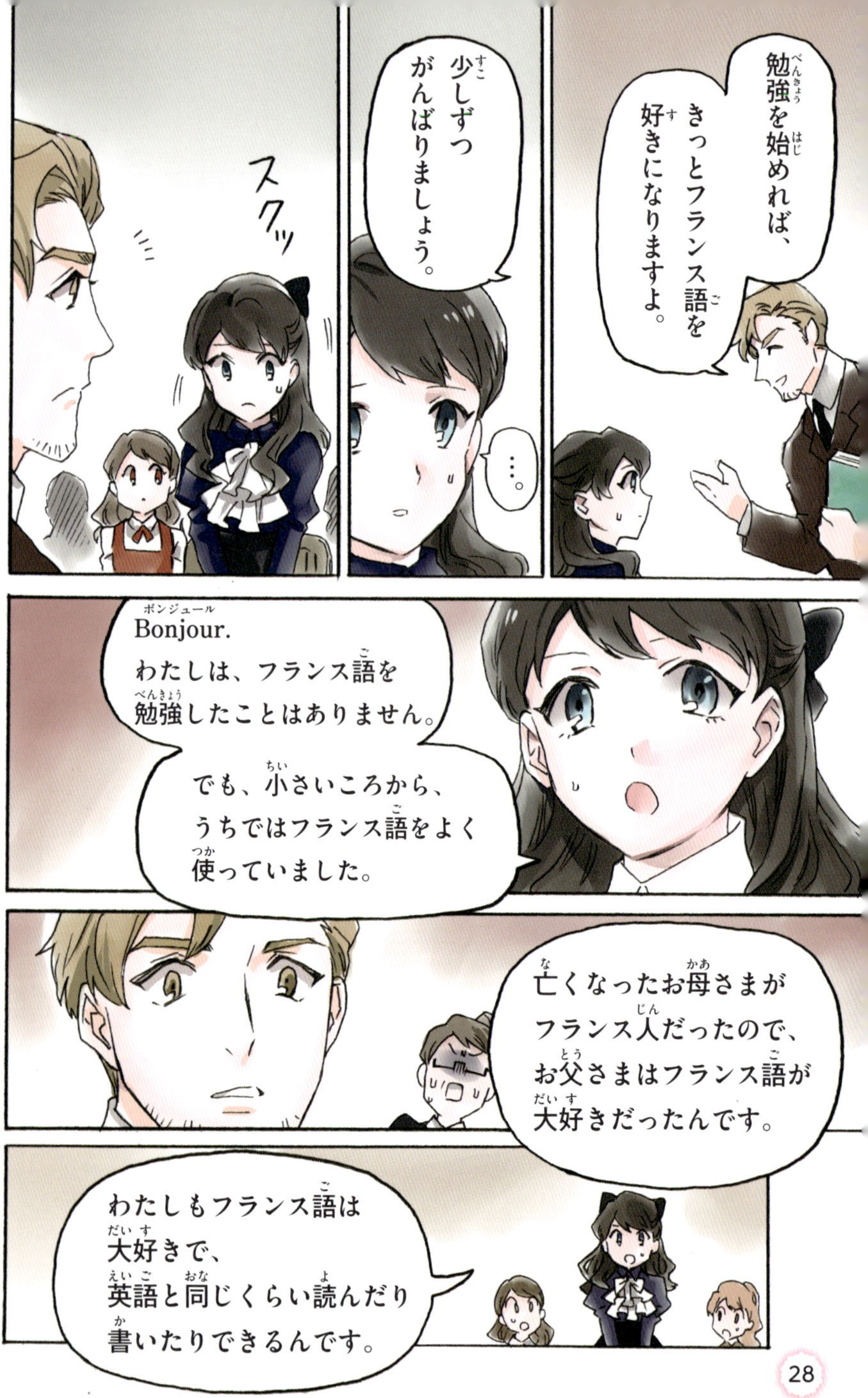
勉強《べんきょう》を始《はじ》めれば、
きっとフランス語《ご》を好《す》きになりますよ。
少《すこ》しずつがんばりましょう。
…。
スクッ
Bonjour《ボンジュール》.
わたしは、フランス語《ご》を勉強《べんきょう》したことはありません。
でも、小《ちい》さいころから、うちではフランス語《ご》をよく使《つか》っていました。
亡《な》くなったお母《かあ》さまがフランス人《じん》だったので、お父《とう》さまはフランス語《ご》が大好《だいす》きだったんです。
わたしもフランス語《ご》は大好《だいす》きで、英語《えいご》と同《おな》じくらい読《よ》んだり書《か》いたりできるんです。

す……。

すばらしい！

ミンチン先生《せんせい》。

わたしがセーラに教《おし》えることはほとんどありませんよ。この子《こ》の発音《はつおん》はまったくフランス人《じん》そのものです！

セーラ、どうして先《さき》に言《い》わなかったんですか？

すみません、言《い》おうとしたんですけど、
うまく説明《せつめい》できなくて……。

〜〜〜

うぐぐっ
ミンチン先生《せんせい》、頭《あたま》から湯気《ゆげ》が出《で》てるわよ。

みなさん、静《しず》かに！
ハァ
ハァ
このわたしにはじをかかせて……
大人《おとな》をばかにするなんて、とんでもない子《こ》だわ！
アーメンガード！
ビクッ
リボンをかむのはやめなさい！
ひじをつくのもやめて！
まったくおぎょうぎの悪《わる》い！
アーメンガード、立《た》って。教科書《きょうかしょ》の十《じっ》ページを読《よ》みなさい。
え…ええと…
おろ
おろ
アーメンガードったら
ホントにダメな子《こ》ね。
クス
クス

笑《わら》うなんて
ひどい……。
あなた、
お名前《なまえ》は？
あ…
アーメンガード・セント・ジョンよ。
まあ、とっても
きれいな名前《なまえ》ね。

まるで物語《ものがたり》に出《で》てくるみたい。

そんな…。

カァァ
あなた、フランス語《ご》が話《はな》せるなんてすごいわね。

小《ちい》さいころから聞《き》かされていたら、しゃべれて当《あ》たり前《まえ》よ。

ううん、わたしだったら絶対無理《ぜったいむり》！

わたし、フランス語《ご》の単語《たんご》がいつも言《い》えないの。お父《とう》さまみたいにかしこくないから……。

あなたは頭《あたま》がいいんでしょ？

頭《あたま》がいいなんてわからないのよ。

エミリーに会《あ》いたくない？

エミリーって？

うふふ、会《あ》えばわかるわ。

親友《しんゆう》のちかい

セーラは、階段《かいだん》をのぼりながらアーメンガードにささやいた。

「静《しず》かにね。そうっととびらに近《ちか》づくのよ。そしたら……エミリーが遊《あそ》んでいるところを見《み》られるかもしれないから。」

アーメンガードは、どうして静《しず》かにしないといけないのかわからなかったが、何《なに》も言《い》わずにうなずいた。とにかくセーラの言《い》うことはキラキラした魔法《まほう》に満《み》ちていて……アーメンガードがこの学院《がくいん》に入学《にゅうがく》して、今《いま》ほどワクワクすることはなかったのだから。

しのび足《あし》で近《ちか》づくと、セーラは真剣《しんけん》な顔《かお》でドアノブを回《まわ》した。

あかあかと燃《も》えるだんろのそばで、美《うつく》しい人形《にんぎょう》がいすの上《うえ》で本《ほん》を読《よ》んでいるようなかっこうで座《すわ》っている。

「残念《ざんねん》！　エミリーったら、すばやくいすにもどってしまったんだわ。」

アーメンガードは、ぽかんとしてセーラとエミリーを見《み》くらべた。

「このお人形《にんぎょう》、歩《ある》けるの？」

「ええ、この子《こ》だけじゃなくて……お人形《にんぎょう》たちはみんなそうなの。エミリー、こちらはアーメンガード・セント・ジョンよ。アーメンガード、こちらがエミリー。」

セーラは、礼儀《れいぎ》正《ただ》しくアーメンガードにエミリーをしょうかいした。

人間《にんげん》が見《み》ていないすきに、人形《にんぎょう》たちはどんなことをしているのか――セーラがいきいきと話《はな》す想像《そうぞう》のお話《はなし》に、アーメンガードは夢中《むちゅう》になった。ひといきつくと、アーメンガードはあらためて、ごうかな家具《かぐ》のそろった部屋《へや》を見《み》わたしてためいきをついた。

「それにしてもすてきなお部屋《へや》ね。」

「わたしがひとりのお部屋《へや》を持《も》てるように、お父《とう》さまがたのんでくださったの。だって、わたし、遊《あそ》ぶときにいろんなお話《はなし》を考《かんが》えてしゃべるんだけど……ほかの人《ひと》が聞《き》いてるとうまくいかないんだもの。」

「お話《はなし》を作《つく》れるなんてすごいわ。フランス語《ご》もあんなに上手《じょうず》だし、あなたにできないことってないんじゃない？」

アーメンガードが言《い》うと、セーラは大人《おとな》びたほほえみをうかべた。

「わたしがこうなったのは、たまたまよ。お父《とう》さまがやさしくて頭《あたま》がいいりっぱな人《ひと》なのも、わたしが本《ほん》や勉強《べんきょう》が好《す》きなのも、たまたま。わたしのことを、みんなはいい子《こ》だって言《い》うけど、それだってみんなに親切《しんせつ》にしてもらって、欲《ほ》しいものは何《なん》でもあたえられてきたからじゃないかと思《おも》うことがあるわ。もしかしたら、本当《ほんとう》のわたしは、すごく意地《いじ》の悪《わる》い子《こ》かもしれない。」

アーメンガードは感心《かんしん》しきってしまった。そして、こんなふうにものごとを考《かんが》えるセーラという少女《しょうじょ》にますます興味《きょうみ》がわいてくるのだった。

アーメンガードがだまっていると、セーラが不意《ふい》に質問《しつもん》をした。

「アーメンガード、あなたはお父《とう》さまが好《す》き？」

「えっ……うーん、そうねぇ。わたし、あまりお父《とう》さまとは話《はな》さないのよ。お父《とう》さまは、いつもむずかしい本《ほん》を読《よ》んでばかりで。」

正直《しょうじき》なところ、アーメンガードは自分《じぶん》の父親《ちちおや》が苦手《にがて》だった。

セーラは、それについては何《なに》も意見《いけん》しなかった。そして、静《しず》かに言《い》ったのだ。

「わたしね、世界中《せかいじゅう》で一番《いちばん》お父《とう》さまが好《す》きなの。お父《とう》さまと別《わか》れて暮《く》らすのはとてもつらいけど、お話《はなし》を考《かんが》えているとつらさを忘《わす》れていられるから……。」

アーメンガードは、セーラが泣《な》き出《だ》すのではないかと思《おも》った。

（セーラは何《なん》でも持《も》ってるけど、さびしさにたえていたんだわ……。）

理由《りゆう》はわからなかったが、のどがつまり、目《め》になみだがうかんでくるのを感《かん》じた。

「あの……ラビニアとジェシーは親友《しんゆう》なの。わたしたちも親友《しんゆう》になれないかしら？　セーラとちがってわたしは勉強《べんきょう》が苦手《にがて》だし、あなたにはつり合《あ》わないかもしれないけど。わたし、あなたが好《す》きなのよ！」

セーラはぱっと顔《かお》をかがやかせると、アーメンガードの手《て》を取《と》った。

「うれしい！　わたしたち、親友《しんゆう》になりましょう。ね、いいこと思《おも》いついた。わたし、あなたにフラ

ンス語《ご》を教《おし》えてあげられるわ！」

ロッティとセーラ

セーラはまたたく間《ま》に、学院《がくいん》の人気者《にんきもの》になった。勉強《べんきょう》ができる上《うえ》に礼儀作法《れいぎさほう》もすばらしく、ミンチン先生《せんせい》はいつもセーラをみんなの前《まえ》でほめたたえた。

だが、セーラがみんなのあこがれのまとになったのは、それだけが理由《りゆう》ではなかった。美《うつく》しい服《ふく》をほめられても決《けっ》してえらそうにすることはないし、勉強《べんきょう》ができない子《こ》を見下《みくだ》したりしない。そして、だれにでも分《わ》けへだてなくやさしい……そんな態度《たいど》が尊敬《そんけい》されたのだ。

おもしろくないのは、これまで学院《がくいん》のリーダー格《かく》だったラビニアだ。今《いま》までは、学院《がくいん》の生徒《せいと》がならんで外出《がいしゅつ》するとき、ミンチン先生《せんせい》の後《うし》ろに立《た》つのはラビニアと決《き》まっていた。しかし、セーラが来《き》てから、ラビニアはその座《ざ》をうばわれたのだ。ラビニアは、年下《としした》のあんな変《へん》な子《こ》の後《うし》ろにならぶことが腹立《はらだ》たしいと思《おも》っており、くやしくてたまらなかった。

しかも、ミンチン先生《せんせい》は学院《がくいん》にお客《きゃく》さまがやって来《く》ると、「セーラ、応接間《おうせつま》に来《き》てお客《きゃく》さまにあなたのフランス語《ご》を聞《き》かせてちょうだい。」などと、セーラを自慢《じまん》するのだ。

「セーラは、家《いえ》でフランス語《ご》を聞《き》いて育《そだ》ったんでしょ？　ただそれを覚《おぼ》えただけじゃない。」

「でも、いばったりしないのはすごいと思《おも》うわ。あれだけちやほやされたら、少《すこ》しはえらそうにしてもよさそうなものだと思《おも》うけど。」

親友《しんゆう》のジェシーまでもが、こんなことを言《い》うしまつなので、ラビニアはよけいにイライラしていた。

だが、そもそも、ラビニアとセーラは正反対《せいはんたい》の性格《せいかく》だ。ラビニアは意地悪《いじわる》な子《こ》だった。顔立《かおだ》ちはきれいで、セーラが来《く》るまでは身《み》なりも一番《いちばん》りっぱだった。ただ、小《ちい》さい子《こ》たちをじゃましたり、ばかにしたりするので、決《けっ》してみんなのあこがれのお姉《ねえ》さんだったわけではない。さからったらいやがらせをされるので、みんなしぶしぶ言《い》うことを聞《き》いていただけなのだ。一方《いっぽう》、セーラはというと、小《ちい》さい子《こ》たちに対《たい》して母親《ははおや》のようにやさしく接《せっ》していた。

ころんでけがをする子《こ》がいれば、すぐさまかけよって、

「だいじょうぶ？　たいしたことはないわ、泣《な》かないのよ。」

と、だき起《お》こして、手当《てあ》てをしてやる。さらに洋服《ようふく》のほこりをはらって、頭《あたま》をなで、ポケットから小《ちい》さなお菓子《かし》を取《と》り出《だ》してあげたりするのだから、小《ちい》さい子《こ》たちがセーラにあこがれてしたうのは当然《とうぜん》だった。

ある日《ひ》のこと。

「あーん、あーん！」

セーラが、ある部屋《へや》の前《まえ》を通《とお》りかかると、なかからはげしく泣《な》きさけぶ声《こえ》が聞《き》こえてきた。そして、その子《こ》を何《なん》とかなだめようとするミンチン先生《せんせい》の声《こえ》も……。

「ロッティ、泣《な》きやみなさい。ねぇ、かわいい子《こ》、お願《ねが》いだから。」

（泣《な》いてるのはロッティね。）

ロッティは学院《がくいん》のなかでももっとも幼《おさな》い、甘《あま》えんぼうの少女《しょうじょ》だった。日《ひ》ごろから先生《せんせい》たちが手《て》を焼《や》いているのを、セーラも知《し》っていた。

初《はじ》めはやさしい口調《くちょう》だった先生《せんせい》も、ついにはいら立《だ》ちをかくせなくなり、どなり始《はじ》めた。

「本当《ほんとう》に聞《き》きわけのないしょうがない子《こ》ね！　今《いま》すぐに泣《な》きやまないと、むちで打《う》ちますよ！」

ロッティはゆかの上《うえ》にひっくり返《かえ》って足《あし》をばたつかせ、火《ひ》がついたようにはげしく泣《な》きわめいている。セーラはとびらのかげから様《よう》子《す》を見守《みまも》っていたが、だまっていられなくなり、そっと部屋《へや》に入《はい》っていった。

「あの……、ロッティをわたしにまかせてもらえませんか？」

「できるなら、やってみなさい。」

ミンチン先生《せんせい》は苦々《にがにが》しい顔《かお》で言《い》いはなつと、部屋《へや》を出《で》ていった。

セーラは、ロッティのそばにこしをおろした。しばらくあばれるロッティをながめ、静《しず》

かに待《ま》った。

ロッティは、何《なに》も言《い》わずに見《み》つめるセーラを不思議《ふしぎ》に思《おも》い、なみだでぬれた目《め》を開《ひら》いてみた。自分《じぶん》が泣《な》きわめいているとき、大人《おとな》たちはかわいそうがってなだめるか、おこって泣《な》きやませようとするかのどちらかで、こんなふうに興味深《きょうみぶか》そうに見《み》つめられることは初《はじ》めてだったのだ。

「ママがいない、ママがいないいんだもん！　ママは、あたしがちっちゃいころに死《し》んじゃったのよ！」

ロッティがさけぶと、セーラはロッティの顔《かお》をじっと見《み》つめて言《い》った。

「わたしもそうよ。」

ロッティは、意外《いがい》な言葉《ことば》にハッとして、なみだは引《ひ》っこんでしまったようだ。

「セーラのママは、どこにいるの？」

ロッティが聞《き》くと、セーラはちょっと考《かんが》えてから話《はな》し始《はじ》めた。

「天国《てんごく》よ。でも、ママはいつも天国《てんごく》にいるわけじゃなくて、ときどきわたしのそばに来《き》ているんじゃないかと思《おも》うの。ロッティのママもそうじゃないかしら。ねぇ、ロッティのママもわたしのママも、今《いま》、この部屋《へや》にいるかもしれないわね。」

ロッティはピョコンと起《お》き上《あ》がって、姿勢《しせい》を正《ただ》した。くるくるした巻《ま》き毛《げ》、朝《あさ》つゆにぬれたワスレナグサのような青《あお》いひとみは天使《てんし》のようにかわいらしく、さっきまであばれていた女《おんな》の子《こ》とはまるで別人《べつじん》だった。

「天国《てんごく》は、どこまでもお花畑《はなばたけ》が広《ひろ》がっていて。そう、ユリがたくさんさいているの。風《かぜ》がふくと、ユリのかおりがあたりにただようわ。」

セーラは、想像《そうぞう》のお話《はなし》をまるで本当《ほんとう》のことのようにいきいきと話《はな》した。

「道《みち》はキラキラ、不思議《ふしぎ》な色《いろ》の光《ひかり》でかがやいていて、どんなに歩《ある》いてもつかれなくて、どこへでも行《い》けるの。街《まち》のまわりは黄金《おうごん》と真珠《しんじゅ》でできたかべでかこまれていてね……あまり高《たか》くないかべなのよ。天国《てんごく》に住《す》んでいる人《ひと》たちはかべによりかかって、わたしたちの世界《せかい》を見下《みお》ろしながら、笑《わら》いかけたり、すてきなメッセージを送《おく》ったりしてくれるの。」

ロッティは、うっとりとセーラの話《はなし》に聞《き》きほれた。しかし、セーラが語《かた》るお話《はなし》はとても楽《たの》しくて美《うつく》しくて、終《お》わってしまうとよけいに悲《かな》しくなってしまった。

「あたしも、そこに行《い》きたいわ！」

セーラは、小《ちい》さなロッティの体《からだ》に手《て》を回《まわ》すと、ぎゅっとだきしめた。

「**ロッティ、これからはわたしがあなたのママになってあげるわ。**ね、お母《かあ》さんごっこをするの。いいでしょう？　エミリーが、あなたの妹《いもうと》になるの。」

ロッティは、たちまち笑顔《えがお》になった。

「本当《ほんとう》に？」

セーラは、すっくと立《た》ち上《あ》がって言《い》った。

「ええ。さあ、いっしょにわたしの部屋《へや》に行《い》って、エミリーにもこのことを話《はな》しましょう。それからあなたの顔《かお》を洗《あら》わないとね。かみもとかしてあげるわ。」

「わあい！　あたし、エミリーのお姉《ねえ》さんになるのね！」

ロッティは、飛《と》び上《あ》がらんばかりに喜《よろこ》んで、セーラとならんでちょこちょこと階《かい》段《だん》を上《あ》がっていった。

この日《ひ》から、セーラはロッティの「ママ」になったのだ。

第《だい》3章《しょう》

セーラは学院《がくいん》のプリンセス

使用人《しようにん》の少女《しょうじょ》ベッキー

セーラがみんなに好《す》かれた理由《りゆう》はたくさんあるが、セーラのお話《はなし》は人《ひと》をひきつけてやまなかった。セーラが想像《そうぞう》を広《ひろ》げて作《つく》った物語《ものがたり》、インドで見聞《みき》きしためずらしいもののこと、それから身《み》のまわりで起《お》こった出来事《できごと》さえ、セーラが話《はな》せば特別《とくべつ》におもしろく聞《き》こえるのだ。

「ねえ、セーラ、何《なに》かお話《はなし》して。」

こうせがまれてセーラが話《はな》し始《はじ》めると、生徒《せいと》たちがまわりに集《あつ》まってくる。身《み》ぶり手《て》ぶりを加《くわ》えて話《はな》すうちに、セーラはどんどん熱中《ねっちゅう》してお話《はなし》のなかに入《はい》っていく。聞《き》いているみんなも、セーラの話《はな》す世界《せかい》に生《い》きているような、物語《ものがたり》に出《で》てくる王《おう》さまやお姫《ひめ》さまが本当《ほんとう》に目《め》に見《み》えるような気《き》がしてくるのだ。

それは、セーラが学院《がくいん》に来《き》てから二《に》年《ねん》ほどたったときのこと。

授業《じゅぎょう》が終《お》わったあと、教室《きょうしつ》でセーラがいつものように友《とも》だちにお話《はなし》をしていると、みすぼらしい服《ふく》を着《き》た少女《しょうじょ》が石炭《せきたん》の入《はい》った大《おお》きな箱《はこ》をかかえて入《はい》ってきた。少女《しょうじょ》はだんろの前《まえ》にひざをつくと、そうじを始《はじ》めた。

（あの子《こ》、見《み》たことがあるわ。階段《かいだん》の

ところでわたしを見《み》つめていたわ。気《き》がついて笑《わら》いかけたら、台所《だいどころ》にかけこんでしまったっけ……。)

セーラは話《はな》しながら、少女《しょうじょ》のほうをときどき注意深《ちゅういぶか》くながめた。その少女《しょうじょ》は、できるだけゆっくりとそうじをしているように思《おも》えた。

(あの子《こ》、わたしのお話《はなし》に興味《きょうみ》を持《も》っているんだわ。)

そう気《き》づいたセーラは彼女《かのじょ》にもよく聞《き》こえるように、声《こえ》を大《おお》きく、できるだけはっきりと話《はな》すようにした。

「人魚《にんぎょ》たちは、緑色《みどりいろ》の海《うみ》をゆうゆうと泳《およ》ぎ、真珠《しんじゅ》を散《ち》りばめたあみを引《ひ》っぱりあげました。そんな人魚《にんぎょ》たちを、お姫《ひめ》さまは白《しろ》い岩《いわ》の上《うえ》にすわって見《み》ていたのです。」

そうじをしていた少女《しょうじょ》は、人魚《にんぎょ》の王子《おうじ》さまに愛《あい》されて海《うみ》の底《そこ》で暮《く》らすようになったお姫《ひめ》さまの物語《ものがたり》に心《こころ》をうばわれた。いつのまにかそうじをしていた手《て》はとまり、ぼんやりすわりこんでセーラの話《はなし》に耳《みみ》をかたむけていた。

カラン。

少女《しょうじょ》の指《ゆび》からブラシがはなれ、ゆかにたおれた。少女《しょうじょ》はその音《おと》におどろいて立《た》ち上《あ》がり、そうじ道具《どうぐ》をかき集《あつ》めるとあわてて教室《きょうしつ》を飛《と》び出《だ》していってしまった。

ラビニアが、フンと鼻《はな》を鳴《な》らした。

「あきれた。あの子《こ》ったら、話《はなし》を聞《き》いてたんだわ。使用人《しようにん》のくせにずうずうしい。」

セーラは、ラビニアをにらみつけた。

「あの子《こ》が話《はなし》を聞《き》いていたら、なぜいけないの？」

ラビニアは顔《かお》をぐいと上《あ》げて、気取《きど》った言《い》い方《かた》をした。

「わたしのお母《かあ》さまは、わたしが使用人《しようにん》なんかとつきあったらいやがるわ。あなたのお母《かあ》さまはどうだかわかりませんけどね。」

「わたしのお母《かあ》さまは、だれだってお話《はなし》くらい聞《き》いたっていいとおっしゃるはずよ。」

すると、ラビニアは口《くち》のはしに笑《わら》いをうかべて言《い》った。

「あら、あなたのお母《かあ》さまは死《し》んだんでしょう。どうしてそんなことがわかるの？」

「お母《かあ》さまは天国《てんごく》で、わたしのことを見《み》ているわ。今《いま》だって。」

セーラが小声《こごえ》だが、きびしい声《こえ》で答《こた》えると、ロッティが口《くち》をはさんだ。ラビニアが、大好《だいす》きなセーラに意地悪《いじわる》しているのが許《ゆる》せなかったのだ。

「そうよ。セーラのママもあたしのママも、天国《てんごく》にいるの。天国《てんごく》はユリがいっぱいのお花畑《はなばたけ》で、キラキラした道《みち》が広《ひろ》がってて……。」

「はいはい、セーラお得意《とくい》の作《つく》り話《ばなし》ね。」

ラビニアは、ばかにしたようにロッティの言葉《ことば》をさえぎった。

「これが作《つく》り話《ばなし》かどうか、あなたみたいな人《ひと》にはわ

からないでしょうね。もっと人《ひと》にやさしい人間《にんげん》にならないかぎりは。」

セーラはおこった口調《くちょう》でラビニアに言《い》いはなつと、教室《きょうしつ》を出《で》ていった。


「ああ、その子《こ》なら、ベッキーっていう名前《なまえ》ですよ。」

小間使《こまづか》いのマリエットは、セーラにその少女《しょうじょ》のことをいろいろ教《おし》えてくれた。

ベッキーはつい最近《さいきん》、台所仕事《だいどころしごと》をするためにやとわれたということ。とはいっても、実際《じっさい》は台所《だいどころ》だけでなく、どんな仕事《しごと》でもさせられていること。

「十四歳《じゅうよんさい》だそうですが、もっと幼《おさな》く見《み》えますね。あの子《こ》はびくびくしていてろくに話《はな》しませんが、ここに来《く》る前《まえ》から満足《まんぞく》に食事《しょくじ》もしてなかったんじゃないでしょうか。」

「そう……。」

セーラは、それからベッキーのことをよく考《かんが》えるようになった。

（あの子《こ》と話《はな》してみたい。もう一度会《いちどあ》いたいな。）

だが、ときどき仕事中《しごとちゅう》のベッキーを見《み》かけても、ベッキーは人《ひと》に見《み》られるのをさけるように早足《はやあし》で通《とお》りすぎるので、なかなか声《こえ》をかけることができないのだった。

あこがれの存在《そんざい》

ある冬《ふゆ》の日《ひ》の午後《ごご》。

ダンスの授業《じゅぎょう》を終《お》えたセーラは、スカートのすそをひるがえして軽《かろ》やかに階段《かいだん》をのぼってきた。ダンスはセーラの得意科目《とくいかもく》のひとつだ。今日《きょう》も新《あたら》しいダンスを習《なら》い、大満足《だいまんぞく》のセーラはおどるような足取《あしど》りで部屋《へや》のとびらを開《あ》けた。

セーラは、おどろきの声《こえ》を上《あ》げそうになったのをのみこんだ。

だんろの前《まえ》のいすに、ベッキーがこしかけてぐっすりねむりこんでいたのだ。

「かわいそうに……。すごくつかれているんだわ。」

セーラは、すすでよごれたベッキーの顔《かお》をのぞきこんだ。

生徒《せいと》たちの部屋《へや》を回《まわ》ってベッドの支度《したく》をするのは、ベッキーのわりあての仕事《しごと》だった。部屋《へや》はたくさんあったけれど、ベッキーはいつもセーラの部屋《へや》を最後《さいご》に回《まわ》ることにしていた。美《うつく》しい絵《え》や、インドのめずらしい品物《しなもの》があるセーラの部屋《へや》に入《はい》ると、自分《じぶん》もひとときの心《こころ》から安《やす》らいだ気持《きも》ちになれたからだ。そして、ときどき、ほんの二《に》、三分《さんぷん》だけ、セーラのいすにすわって、こんな部屋《へや》で暮《く》らしているおじょうさまの気持《きも》ちになってみるのがひそかな楽《たの》しみだったのだ。


ところが、この日《ひ》のベッキーはあまりにもくたびれていた。いすにすわると、つかれきった足《あし》が楽《らく》になり、だんろのあたたかさが全身《ぜんしん》をやさしくときほぐしていって……ベッキーのまぶたはパタリととじてしまったのだ。

「どうしよう。このままねかせておいてあげたいけど、もしミンチン先生《せんせい》に知《し》られたら、ひどくおこられてしまうわね。」

セーラがこまっていると、だんろで燃《も》えていた大《おお》きな石炭《せきたん》がわれ、その物音《ものおと》でベッキーはハッと目《め》を覚《さ》ました。

ベッキーは、目《め》の前《まえ》のセーラを見《み》るとおどろいて飛《と》び上《あ》がった。

（大変《たいへん》だ！　おじょうさまのいすでねむりこむなんて！　クビになって追《お》い出《だ》されてしまう！）

「申《もう》し訳《わけ》ありません、おじょうさま。わざとじゃなかったんです！　どうかお許《ゆる》しください！」

今《いま》にも泣《な》きだしそうなベッキーを落《お》ち着《つ》

かせようと、セーラはぐっと近《ちか》づいてベッキーのかたにそっと手《て》を置《お》いた。

「だいじょうぶ。ちっともかまわないのよ。あなたはつかれていたんだから。」

ベッキーは大《おお》きな目《め》を見開《みひら》いて、セーラをまじまじと見《み》つめた。こんなふうにやさしく話《はな》しかけられたのは、初《はじ》めてだった。

「あの……おこってないんですか？　先生《せんせい》に言《い》いつけないんですか？」

「まさか、そんなことするわけないわ！」

「だって、わたしが、今《いま》のわたしなのはまったくのぐうぜんなんだから。もしかしたら、わたしがあなたの身《み》の上《うえ》だったかもしれないし、あなたがわたしだったかもしれない。わたしたちは同《おな》じような、ただの女《おんな》の子《こ》よ。」

セーラがそう言《い》うと、ベッキーは、きょとんとしてセーラを見《み》つめた。

（なんて不思議《ふしぎ》な考《かんが》え方《かた》をする人《ひと》なんだろう……。）

セーラは戸《と》だなからケーキを取《と》り出《だ》すと、大《おお》きく切《き》り分《わ》けて運《はこ》んできた。ベッキーはケーキを食《た》べながらおしゃべりを楽《たの》しみ、夢見心地《ゆめみごこち》だった。

「わたしは一度《いちど》、本物《ほんもの》のプリンセスを見《み》たことがあるんですが、おじょうさまはその方《かた》に似《に》ています。」

ベッキーのほめ言葉《ことば》に、セーラはほおを赤《あか》らめた。

「プリンセスってどんな気持《きも》ちなのかな、と想像《そうぞう》してみたことならあるわ。そうね、これからわたし、プリンセスのつもりになってすごしてみようかしら。」

ベッキーは、セーラにあこがれのまなざしを注《そそ》いだ。

「おじょうさまは今《いま》のままで、もう十分《じゅうぶん》にプリンセスみたいです。」

ベッキーは、セーラの部屋《へや》を出《で》ていくとき、あたたかく幸《しあわ》せな気持《きも》ちで満《み》たされていた。ポケットにはセーラが持《も》たせてくれたケーキがあり、いつもおなかをすかせていたベッキーにはとてもありがたいことだった。それに、セーラは帰《かえ》りがけにこんなことを言《い》ってくれたのだ。

「あなた、この間《あいだ》、教室《きょうしつ》でわたしが話《はな》すのを聞《き》いていたでしょ？　よかったら、またお話《はなし》の続《つづ》きを聞《き》かせてあげるわ。また今度《こんど》ね。」

（こんなうれしいことが起《お》こるなんて……おじょうさまのことを思《おも》い出《だ》せば、どんなにつらい仕事《しごと》もがんばれるわ！）

お父《とう》さまとダイヤモンド鉱山《こうざん》

ベッキーと出会《であ》ってまもなく、セーラのもとに届《とど》いたお父《とう》さんからの手紙《てがみ》にはワクワクするようなニュースが書《か》かれていた。

「お父《とう》さまがダイヤモンド鉱山《こうざん》を見《み》つけたそうなの。」

生徒《せいと》たちは、まるで物語《ものがたり》の世界《せかい》の出来事《できごと》のようだとたちまち大《おお》さわぎを始《はじ》めた。

「ダイヤモンドですって!? すてき!」

「セーラ、もっとくわしく話《はな》してちょうだい。」

なんでもセーラのお父《とう》さんの古《ふる》い友《とも》だちが、ダイヤモンドのとれる山《やま》を発見《はっけん》したのだという。山《やま》をほりおこすのはばくだいな費用《ひよう》がかかる大仕事《おおしごと》だが、ダイヤモンドがたくさん手《て》に入《はい》ることはまちがいない。この仕事《しごと》をいっしょにやらないかと持《も》ちかけられた——手紙《てがみ》にはそうつづられていた。

みんながダイヤモンド鉱山《こうざん》の話《はなし》に夢中《むちゅう》になっているのを、ラビニアはひややかなまなざしで見《み》つめていた。

「ダイヤモンドの山《やま》なんて、本当《ほんとう》にあるのかしら。ばかばかしい。」

「あるとしたら、セーラはとんでもないお金持《かねも》ちになるでしょうね。」

ジェシーはラビニアに調子《ちょうし》を合《あ》わせて、皮肉《ひにく》っぽく言《い》った。

「そうそう、ラビニア。セーラっていえばね、最近《さいきん》あの子《こ》、プリンセスごっこをしているらしいわ。プリンセスになったつもりでいると、勉強《べんきょう》もはかどるんですって。」

ラビニアは意地悪《いじわる》い笑《わら》いをうかべた。

「そりゃいいわ。これからはあの子《こ》のこと、プリンセスって呼《よ》んでやるわ。」

ある放課後《ほうかご》。窓辺《まどべ》で本《ほん》を読《よ》んでいたセーラは、ロッティの泣《な》き声《ごえ》で、物語《ものがたり》の世界《せかい》から現実《げんじつ》に呼《よ》びもどされた。

「痛《いた》いよう、あーん、あーん！」

遊《あそ》んでいたロッティが、転《ころ》んでどこかをぶつけてしまったらしい。ロッティが泣《な》くと、すぐには止《と》まらない。セーラは、急《いそ》いでロッティのもとにかけよった。

「ロッティ。セーラママが来《き》たわよ。ね、泣《な》きやんでちょうだい。」

ロッティはセーラの顔《かお》を見上《みあ》げると、すすりあげながらだきついた。

「じゃあ、ダイヤモンドのお山《やま》のお話《はなし》、してくれる？」

するとそばにいたラビニアはロッティを横目《よこめ》でながめて言《い》ったのだ。

「まあ。本当《ほんとう》に引《ひ》っぱたきたくなるような甘《あま》ったれね。」

セーラは、ラビニアが許《ゆる》せなかった。

「なんですって。わたしこそ、あなたを引《ひ》っぱたいてやりたいわ。でも、そうはしません。だって、それはレディらしくないふるまいですからね。」

ラビニアは、ジェシーに目配《めくば》せをした。

「さすが、プリンセス・セーラさまのおっしゃることはちがうわね！」

セーラは顔《かお》を赤《あか》くした。プリンセスのようにふるまうという心《こころ》のなかの美《うつく》しい目標《もくひょう》が、こんなふうにちゃかされてはたまらない。しかし、セーラは冷静《れいせい》さをうしなわなかった。

「そうね。わたしはいつもプリンセスのようにありたいと思《おも》っているわ。」

きぜんとした態度《たいど》に、ラビニアはこんな捨《す》てぜりふを言《い》うのがやっとだった。

「あら、そうですか。本物《ほんもの》のプリンセスになっても、わたしたち身分《みぶん》ちがいの人間《にんげん》のことも忘《わす》れないでくださいませ。」

この日《ひ》から、ラビニアと同様《どうよう》、セーラをねたんでいる一部《いちぶ》の少女《しょうじょ》たちは、いやみっぽく「プリンセス・セーラ」という言葉《ことば》を使《つか》った。そして、セーラのことが大好《だいす》きな多《おお》くの少女《しょうじょ》たちは、尊敬《そんけい》の気持《きも》ちをこめて「プリンセス」と呼《よ》ぶようになったのだ。これはミンチン先生《せんせい》の耳《みみ》にも入《はい》ったが、彼女《かのじょ》は学院《がくいん》の優等生《ゆうとうせい》であるセーラにふさわしい呼《よ》び名《な》だと満足《まんぞく》して、来客《らいきゃく》たちに盛《さか》んに言《い》いふらしていた。

セーラがプリンセスと呼《よ》ばれることをだれよりもうれしく思《おも》ったのは、ベッキーだ。ベッキーにとって、セーラは希望《きぼう》の星《ほし》だった。楽《たの》しいお話《はなし》を聞《き》かせてくれ、いつも何《なに》かおいしい食《た》べ物《もの》を持《も》たせてくれる。あまり話《はな》す時間《じかん》がないときでも、セーラはベッキーを笑《わら》わせるようなことを言《い》ってくれるのだ。それが、ベッキーのつら

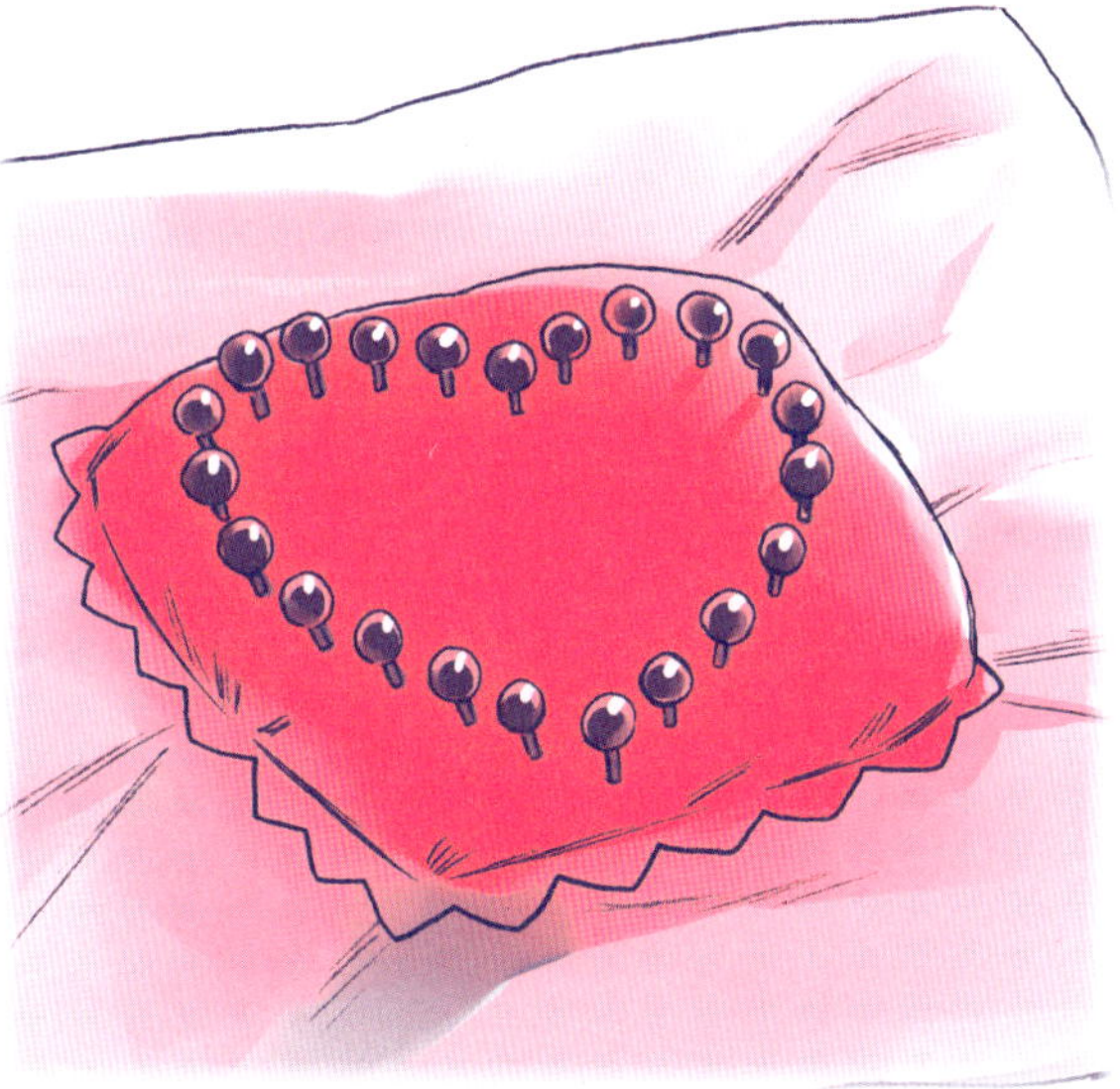

い毎日《まいにち》のなかで、大《おお》きなはげみになっていた。

（何《なに》か、少《すこ》しでも恩返《おんがえ》しができたら……。）

こう思《おも》っていた矢先《やさき》、セーラの十一歳《じゅういっさい》の誕生日《たんじょうび》が近《ちか》づいているのを知《し》ったベッキーはある計画《けいかく》を思《おも》いつき、いそいそと用意《ようい》を始《はじ》めていた。

セーラは誕生日《たんじょうび》の日《ひ》、部屋《へや》のテーブルの上《うえ》に小《ちい》さなつつみがあるのに気《き》づいた。開《あ》けてみると……**それは赤《あか》い布《ぬの》で作《つく》ったはりさしだった。黒《くろ》いピンがかざりのようにさしてある。**

セーラには、すぐにおくり主《ぬし》がだれだ

かわかった。そのとき、ちょうどドアが開《ひら》いて、ベッキーがはずかしそうに顔《かお》を出《だ》した。

「こんなものしか差《さ》し上《あ》げられなくてすみません。でも、きっとおじょうさまなら、上等《じょうとう》の布地《ぬのじ》にダイヤモンドのピンがさしてあると想像《そうぞう》してくださるんじゃないかと。あの、気《き》に入《い》っていただけましたか。」

心《こころ》のこもったプレゼントに、セーラは胸《むね》が熱《あつ》くなるのを感《かん》じていた。

「もちろん気《き》に入《い》ったわ！　ベッキー、ありがとう。わたし、あなたが大好《だいす》きよ！」

セーラはベッキーに飛《と》びつくと、思《おも》いきりだきしめた。

第《だい》4章《しょう》 十一歳《じゅういっさい》の誕生日《たんじょうび》

ベッキーも
プレゼントを見《み》たいと
思《おも》うんです……
女《おんな》の子《こ》ですから。
お願《ねが》いします。
あなたの誕生日《たんじょうび》ですから……
特別《とくべつ》ですよ。
！
セーラおじょうさま、ありがとうございます。
すみのほうで、みんなのじゃまにならないようにしていなさい。
はい…。
さて、みなさん。
ご存知《ぞんじ》の通《とお》り、
わが学院《がくいん》のほこり、セーラが今日《きょう》
十一歳《じゅういっさい》の誕生日《たんじょうび》をむかえました。
セーラは特別《とくべつ》な人間《にんげん》です。
優秀《ゆうしゅう》であるばかりでなく、
大《おお》きくなったらばく大《だい》な財産《ざいさん》を引《ひ》き継《つ》ぐのですから。

みなさんにプリンセスと呼《よ》ばれるように、セーラは礼儀作法《れいぎさほう》もかんぺきで、広《ひろ》い心《こころ》の持《も》ち主《ぬし》です。

このような誕生会《たんじょうかい》を開《ひら》いてくれたセーラに、感謝《かんしゃ》しましょう。

さあ、みなさん声《こえ》をそろえて『セーラ、ありがとう』と言《い》いましょう。

セーラ、ありがとう。

みなさん、パーティーに来《き》てくださってありがとう。

では、みなさん、
あとは楽《たの》しんでください。

わっ
ねえ、早《はや》くプレゼントを開《あ》けてみせて。

まぁ、本《ほん》だわ！うれしい。
本当《ほんとう》に本《ほん》が好《す》きね。ねぇ、それより早《はや》くお人形《にんぎょう》を見《み》せて。
きっと、あの一番大《いちばんおお》きい箱《はこ》ね。
カパ
わあ！
大《おお》きいお人形《にんぎょう》ね。
ロッティと同《おな》じくらいじゃない？
本当《ほんとう》だ！
ほかにもいっぱい入《はい》っているわね。

まあ、すごい。

まるでお姫《ひめ》さまだわ。

この子《こ》、わたしたちのおしゃべりが聞《き》こえていて、みんなにほめられて喜《よろこ》んでいるかもしれないわね。

あなたって本当《ほんとう》にいつも想像《そうぞう》ばっかりしているのね。

でも、それは何《なん》でも持《も》っているからできることじゃない？

もし、あなたが屋根裏《やねうら》に住《す》んでいるまずしいむすめなら
どうかしら？

……できるんじゃないかしら。

そういう身《み》の上《うえ》に
なったときほど、
想像《そうぞう》が自分《じぶん》を
助《たす》けてくれると思《おも》うの。
みなさん。
別《べっ》の部屋《へや》にお茶《ちゃ》と
お菓子《かし》を用意《ようい》して
ありますから、
いただきなさい。
セーラ。
じつは、あなたの
お父《とう》さまの
弁護士《べんごし》さんが
ミンチン先生《せんせい》を訪《たず》ねて
いらしたんですよ。
二人《ふたり》にはここで
お話《はなし》をして
いただきますから。
仕事《しごと》に
もどる前《まえ》に
少《すこ》しだけ
さわらせてもらえ
ないかしら。
ビク
何《なん》ですって!?
もう一度《いちど》
説明《せつめい》してください。
コソ
コソ

一体《いったい》どういうことなんですか!?
ですからセーラの父親《ちちおや》、クルー大尉《たいい》が死《し》んだんです。
しかも、
仕事《しごと》が失敗《しっぱい》して、破産《はさん》して……
破産《はさん》ですって…?
親友《しんゆう》といっしょにダイヤモンド鉱山《こうざん》の開発《かいはつ》に関《かか》わっていたことはご存知《ぞんじ》でしょう?
それにお金《かね》をかけたのに、失敗《しっぱい》に終《お》わったというわけです。
ちょうどマラリアにかかっていたんですが、
病《やまい》で弱《よわ》っているところにその知《し》らせはよほどショックだったのでしょう。
つまり……クルー大尉《たいい》はまったく財産《ざいさん》をのこさずに死《し》んだのですか?
わたしはセーラの欲《ほ》しがるものはすべて買《か》いあたえ、こうして世話《せわ》をしているのに。

そのお金《かね》はだれがはらってくれるんですか?
残念《ざんねん》ながら、
セーラには、ほかに身寄《みよ》りがありません。
わたしだって、弁護士事務所《べんごしじむしょ》の費用《ひよう》をはらってもらっていないんですからね。
ガタ ガタ
大変《たいへん》なことになった……セーラおじょうさま。
お金持《かねも》ちだと思《おも》ってよくしてやってきたのに、とんだことになったわ。
じょうだんじゃないわ。
あの子《こ》をすぐにたたき出《だ》してやる。
それはまずいでしょう。あの子《こ》を引《ひ》き取《と》る人《ひと》はほかにないんです。
追《お》い出《だ》したりしては、学院《がくいん》の名《な》に傷《きず》がつきますよ。
じゃあ、どうすれば……?
セーラは頭《あたま》のいい子《こ》です。

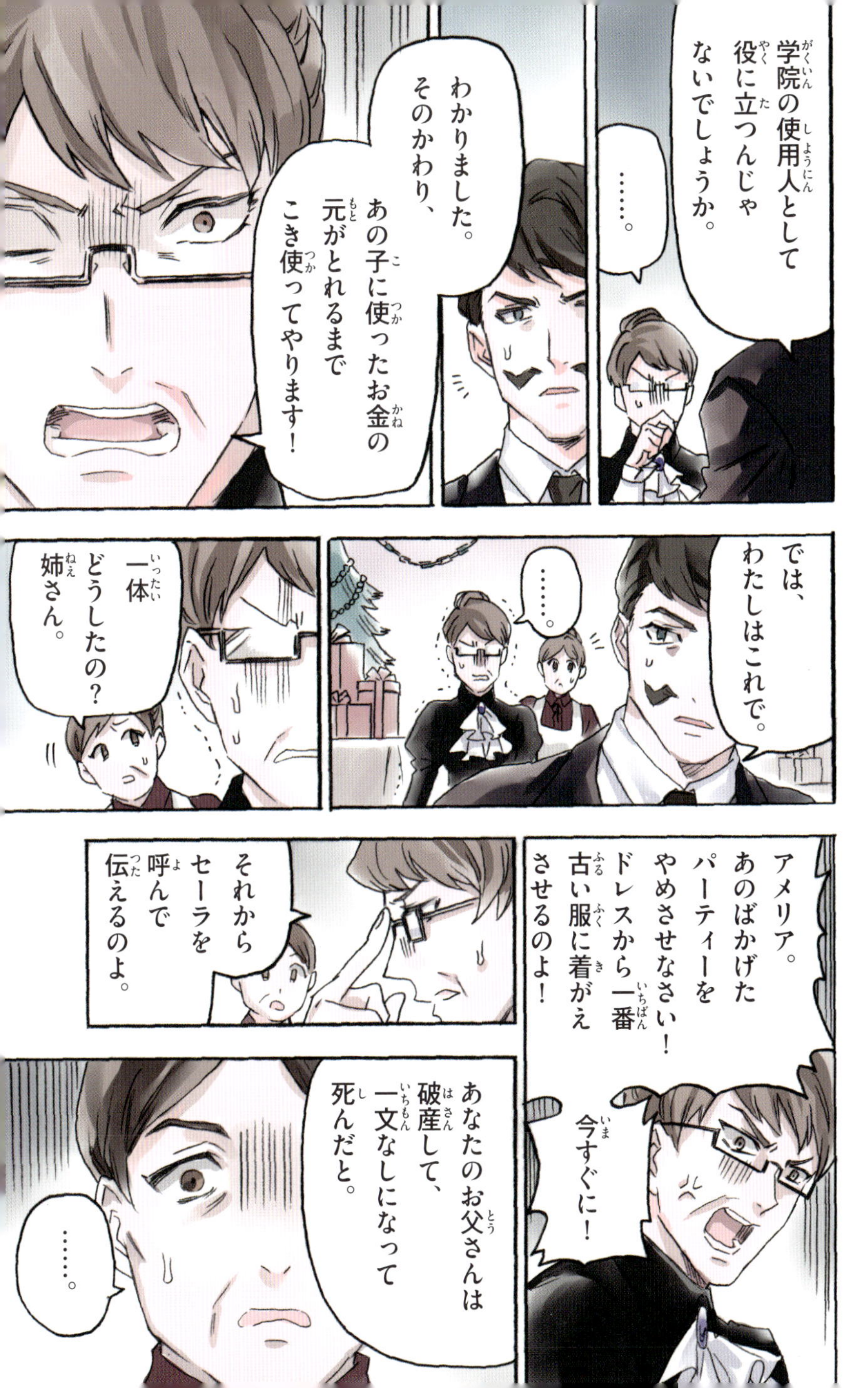

学院《がくいん》の使用人《しようにん》として役《やく》に立《た》つんじゃないでしょうか。

……。

わかりました。そのかわり、
あの子《こ》に使《つか》ったお金《かね》の元《もと》がとれるまでこき使《つか》ってやります！

では、わたしはこれで。

……。

一体《いったい》どうしたの？姉《ねえ》さん。

アメリア。あのばかげたパーティーをやめさせなさい！ドレスから一番《いちばん》古《ふる》い服《ふく》に着《き》がえさせるのよ！

今《いま》すぐに！

それからセーラを呼《よ》んで伝《つた》えるのよ。

あなたのお父《とう》さんは破産《はさん》して、一文《いちもん》なしになって死《し》んだと。

……。

人形《にんぎょう》を置《お》きなさい。
……。
いやです。
これはお父《とう》さまがわたしにのこしてくれた大切《たいせつ》なものですから。
これからは人形《にんぎょう》なんかで遊《あそ》んでいるひまはありませんよ。
せっせと働《はたら》いて、仕事《しごと》を覚《おぼ》えて役《やく》に立《た》ってもらわないと。
お情《なさ》けで、ここに置《お》いてやるんだから。
自分《じぶん》の立場《たちば》がわかっているの？

はい、
お父《とう》さまがまったく財産《ざいさん》をのこさずに死《し》んだことは、聞《き》きました。

プリンセスなんて呼《よ》ばれていい気《き》になっている場合《ばあい》じゃないんですよ！

あなたの服《ふく》も馬車《ばしゃ》も、全部《ぜんぶ》わたしのものです。もう必要《ひつよう》ないんだから、すぐに売《う》りはらいますよ。

どうぞ、そうなさってください。

この子《こ》は本当《ほんとう》にかわいげがない……！

これからはその古い服《ふく》を着《き》て働《はたら》くんですよ。

あなたはフランス語《ご》ができるから、小《ちい》さい子《こ》の勉強《べんきょう》も見《み》てもらいます。

！

本当《ほんとう》に？

わたし、小《ちい》さい子《こ》たちが好《す》きだから
ぜひやらせてください！

好《す》きだから やらせるわけじゃ ありませんよ。
台所《だいどころ》仕事《しごと》だろうが 使《つか》い走《ばし》りだろうが、
言《い》われたことは 何《なん》でも するんですよ!
くるっ
わかりました。
ちょっと 待《ま》ちなさい。
親切《しんせつ》に、あなたを ここに置《お》いてあげるっ ていうのに、
お礼《れい》も言《い》わない つもりなの?
……
先生《せんせい》は、
親切《しんせつ》なんかじゃ ありません。

まあ……!
ダッ
タッ
タッ
バタン
……お父《とう》さまが……
死《し》んでしまった。
エミリー、
あなたがしゃべれたらどんなにいいか。
セーラ。
ここはもうあなたの部屋《へや》じゃないんですよ。
今日《きょう》からは、屋根裏《やねうら》のベッキーのとなりの部屋《へや》にうつってもらうわ。
はい。

今日《きょう》からここが、
わたしの部屋《へや》……。
コンコン
セーラおじょうさま。
入《はい》ってもよろしいでしょうか。
ベッキー。
わたしのために、泣《な》いてくれたのね。
ベッキーったら……。
ベッキー。

前《まえ》に言《い》ったわね。わたしたちは何《なに》も変《か》わらない……。
同《おな》じ、ただの女《おんな》の子《こ》だって。
ね、もうわたしは
プリンセスじゃないのよ。
フル
フル
いいえ。セーラおじょうさまは、
どこにいても変《か》わりません。

屋根裏部屋《やねうらべや》にいたって、
プリンセスです。
ベッキー、
ありがとう。
あなたがいてくれて、どんなに心強《こころづよ》いか。
記念《きねん》すべき十一歳《じゅういっさい》の誕生日《たんじょうび》は、
セーラに大《おお》きな試練《しれん》をもたらす一日《いちにち》となったのです。

第《だい》5章《しょう》 屋《や》根《ね》裏《うら》部《べ》屋《や》のセーラ

あたたかい友情《ゆうじょう》にささえられて

屋根裏部屋《やねうらべや》ですごした最初《さいしょ》の夜《よる》は、セーラにとって忘《わす》れられないものとなった。

「お父《とう》さまが死《し》んでしまった。」

この悲《かな》しい事実《じじつ》を自分《じぶん》に言《い》い聞《き》かせることに明《あ》けくれていたので、セーラがベッドのかたさに気《き》づいたのはずいぶんあとだった。

セーラは体《からだ》に痛《いた》みを感《かん》じ、何度《なんど》もねがえりを打《う》った。ねつけないでいると、しだいに物音《ものおと》が気《き》になり始《はじ》めた。風《かぜ》がえんとつの間《あいだ》をふきぬける、泣《な》きさけぶような音《おと》。そして、何《なに》かがゆかの上《うえ》を走《はし》り回《まわ》る音《おと》。

（ネズミだわ……！）

セーラはこわくなってふとんを頭《あたま》の上《うえ》からかぶった。

ようやくおそろしい一夜《いちや》が明《あ》けた翌朝《よくあさ》、食堂《しょくどう》ではミンチン先生《せんせい》がセーラを今《いま》か今《いま》かと待《ま》ちかまえていた。

「さあ、今日《きょう》からはどんどん仕事《しごと》を覚《おぼ》えてもらいます。最初《さいしょ》の仕事《しごと》は、小《ちい》さい子《こ》たちに大人《おとな》しく食事《しょくじ》をさせることですよ。明日《あす》からはもっと早《はや》く来《く》るように。ほら、もうロッティが紅茶《こうちゃ》をこぼしているわ、さっさとお行《い》きなさい。」

小《ちい》さい子《こ》たちの食事《しょくじ》を世話《せわ》したり、フランス語《ご》を教《おし》えたりするのは楽《らく》な仕事《しごと》だった。しかし、セーラはさまざまな雑用《ざつよう》をさせられ、使《つか》い走《ばし》りにやらされた。料理人《りょうりにん》や使用人《しようにん》たちはミンチン先生《せんせい》のまねをしてセーラに冷《つめ》たく当《あ》たり、わざとめんどうな仕事《しごと》を押《お》しつけるのを楽《たの》しんでいるようだった。

（まじめに働《はたら》いていれば、そのうち仲《なか》よくなれるかもしれないわ。）

こう思《おも》っていたセーラの期待《きたい》は打《う》ちくだかれた。セーラが泣《な》き言《ごと》ひとつ言《い》わずに働《はたら》いても、みんなはそれさえも気《き》に入《い》らないかのようにきびしく当《あ》たるのだ。

ミンチン先生《せんせい》はセーラがほかの生徒《せいと》たちとおしゃべりすることを禁止《きんし》した。人気《にんき》者《もの》だったセーラの今《いま》の生活《せいかつ》ぶりに生徒《せいと》たちが同情《どうじょう》し、それが親《おや》たちに伝《つた》わったら、自分《じぶん》が非難《ひなん》されることになりかねないと思《おも》ったからだ。

セーラはだまってたえていたが、いくらしんが強《つよ》くても三人《さんにん》の友《とも》だちがいなければ、心《こころ》がおれてしまっていたかもしれない。

三人《さんにん》のうちのひとりはベッキーだ。屋根裏部屋《やねうらべや》にうつった最初《さいしょ》の夜《よる》、セーラの心《こころ》のささえになったのは、となりの部屋《へや》にベッキーがいるということだった。

ベッキーは毎朝《まいあさ》セーラの部屋《へや》を訪《おとず》れ、着《き》がえを手伝《てつだ》ってくれた。

（ベッキー、ありがとう。）

セーラには、何《なに》も言《い》わずによりそってくれるやさしさがありがたかった。

さすがのセーラも、悲《かな》しみにしずんでおり、いつものようにおしゃべりはできなかった。

ベッキーはそれを何《なん》となく感《かん》じていた。

（セーラおじょうさまが落《お》ち着《つ》くまで、そっとしておいたほうがいい。）

もう一度《いちど》親友《しんゆう》に

のだ。

二人目《ふたりめ》の友《とも》だち、アーメンガードとの間《あいだ》には距離《きょり》ができてしまっていた。アーメンガードは、急《きゅう》な用事《ようじ》で家《いえ》に二週間帰《にしゅうかんかえ》っていたので、セーラの様子《ようす》を知《し》らなかったのだ。

ひさしぶりに学院《がくいん》にもどってきたアーメンガードは、たくさんのつくろい物《もの》をかかえて歩《ある》いているセーラに出《で》くわすと、とてもおどろいてしまった。アーメンガードは想像力《そうぞうりょく》が豊《ゆた》かなほうではなかったので、セーラに何《なに》が起《お》こったかは知《し》っていても、ここまでひどいことになっているとは思《おも》わなかったのだ。

「まあ、セーラ、あなたなの!?」

「そうよ。」

アーメンガードはセーラにどんな言葉《ことば》をかけたらいいか、こまりはててしまった。

「ええと……セーラ、あなた、今《いま》、とても不幸《ふしあわ》せなの？」

（親友《しんゆう》だと思《おも》っていたのに……アーメンガードったら何《なん》てことを言《い》うのかしら。）

アーメンガードに悪気《わるぎ》はなかったが、気《き》のきかないばかな質問《しつもん》にセーラは傷《きず》ついた。すっかり悲《かな》しくなり、もうアーメンガードのとまどいや、不器用《ぶきよう》さを大目《おおめ》に見《み》てあげることはできなくなっていた。

「さあどうかしら。わたしが幸《しあわ》せいっぱいに見《み》える？」

二人《ふたり》はすっかり気《き》まずくなった。

（ミンチン先生《せんせい》に、ほかの子《こ》としゃべらないようにと言《い》われているんだからちょうどいいわ。アーメンガードだって、もうわたしとは口《くち》をききたくないだろうし。）

セーラはさびしい心《こころ》を押《お》しかくして、

せっせと仕事《しごと》にはげんでいた。

ある夜《よる》。屋根裏部屋《やねうらべや》にもどったセーラは息《いき》がとまるほどびっくりした。

「アーメンガード！　どうしたの!?」

アーメンガードが暗《くら》い部屋《へや》のなかでろうそくをともし、セーラを待《ま》っていたのだ。

「こんなところにいるのがばれたら、ひどくおこられるわよ。」

「いいの。おこられたって。どうしてもあなたに会《あ》いたかったんだもの。ねぇ、セーラ、どうしてわたしのこと、きらいになったの？　何《なに》がいけなかったの？」

アーメンガードの目《め》は、なみだでいっぱいだった。

「そんなことないわ。あなたのこと、好《す》きよ。だけど、いろんなことがあったでしょう。だから、あなたも変《か》わってしまったと思《おも》ったの。」

「セーラ、変《か》わったのはあなたのほうじゃない。わたしは、どうしたらいいかわからなかっただけ……。」

「そうだわ、あなたは変《か》わってなかった。だれも今《いま》では、わたしに近《ちか》づこうとしないでしょう。アーメンガードもみんなと同《おな》じだと思《おも》いこんでいたんだわ。」

「そんなこと、あるわけないいじゃない。わたし、あなたなしでは生《い》きていけないわ。もう一度《いちど》、親友《しんゆう》になってくれる？」

アーメンガードはうるんだひとみで、セーラを見《み》つめた。

「もちろんよ。ありがとう、アーメンガード……あなたは、素直《すなお》で性格《せいかく》のいい人《ひと》ね。わたしは意地《いじ》っぱりだから、自分《じぶん》から仲直《なかなお》りしようなんて言《い》えなかったわ。」

二人《ふたり》はしばらくだまって、ならんで座《すわ》っていた。

「ねえ、セーラ。あなた、この部屋《へや》にいてつらくない？」

「そうねぇ。これがもしお話《はなし》のなかのことだとしたら……。」

セーラがこんなふうに想像《そうぞう》をふくらませるのは、実《じつ》にひさしぶりだった。

（きっと、アーメンガードがいるおかげだわ。）

「わたし、これからは自分《じぶん》を何年《なんねん》もろうやにとじこめられた囚人《しゅうじん》ってことにするわ。ミンチン先生《せんせい》が監守《かんしゅ》で、ベッキーはとなりの囚人《しゅうじん》よ。」

セーラのひとみには、以前《いぜん》のようないきいきとした光《ひかり》が宿《やど》っていた。

「じゃあ、わたしにろうやでの出来事《できごと》を聞《き》かせてくれる？　これからも、夜《よる》にときどき遊《あそ》びに来《き》ていい？」

「ぜひ来《き》てちょうだい、アーメンガード。」

セーラは、アーメンガードの両手《りょうて》をにぎりしめた。

（苦《くる》しい目《め》にあっている今《いま》、わたしはあなたがどんなにいい友《とも》だちか、前《まえ》よりもよけいにわかったような気《き》がするわ。）

囚人暮《しゅうじんぐ》らしの楽《たの》しみ

セーラの心《こころ》をなぐさめた三人目《さんにんめ》の友《とも》だちは、小《ちい》さなロッティだ。ロッティはセーラに大変《たいへん》なことが起《お》こったのはわかったものの、納得《なっとく》のいかないことだらけだった。

（セーラは、どうしてあんな古《ふる》い服《ふく》を着《き》ているのかしら。それに、ふだんは教室《きょうしつ》にいなくて、フランス語《ご》を教《おし》えてくれるときだけ来《く》るのはどうしてなのかしら。）

食事《しょくじ》の時間《じかん》やフランス語《ご》を習《なら》うときに何度《なんど》もセーラに聞《き》こうとしたけれど、

「おしゃべりすると、ミンチン先生《せんせい》にしかられますからね。」

と言《い》われるばかり。

しかし、ロッティはあきらめなかった。そして、ついにセーラの部屋《へや》を見《み》つけ出《だ》したのだ。

「まあ、ロッティったら！」

セーラは、不意《ふい》に屋根裏部屋《やねうらべや》に入《はい》ってきたロッティにびっくりした。

「セーラ！」

ロッティはうれしそうにセーラに飛《と》びついたが、部屋《へや》のみすぼらしさに気《き》づいてたちまち顔《かお》をくもらせた。

（ロッティを心配《しんぱい》させないようにしなくちゃ……。）

セーラは、ロッティをだきしめた。
「ロッティ、よく来《き》たわね。ねえ、この部《へ》屋《や》、そう悪《わる》くないでしょう？」
ロッティは、部屋《へや》をあらためて見《み》た。部《へ》屋《や》はやっぱりきたなくて何《なに》もなかったけれど、セーラが「悪《わる》くない」と言《い》えばそんな気《き》がしてくるのだった。
「この窓《まど》からはね、下《した》の部屋《へや》からは見《み》えな

いいいものが見《み》えるのよ。えんとつから、雲《くも》みたいなけむりがもくもく出《で》てくるところとか。それに、見《み》て。スズメたちが飛《と》び回《まわ》っておしゃべりしているでしょ？」

「すてき！　わたしもこの部屋《へや》に住《す》みたいわ。」

ロッティは、みごとにセーラの作戦《さくせん》にかかった。ポケットのなかにあったお菓子《かし》のクズを投《な》げてやると、スズメたちが集《あつ》まってくるのに大喜《おおよろこ》びだ。

「この部屋《へや》は、一番《いちばん》お空《そら》に近《ちか》いの。まるで木《き》の上《うえ》に住《す》んでいる鳥《とり》のような気分《きぶん》になれるわ。天気《てんき》のいい日《ひ》は、手《て》をのばしたら真《ま》っ赤《か》な夕焼《ゆうや》け雲《くも》がつかめそうよ。夜《よる》は、窓《まど》から星《ほし》の数《かず》を数《かぞ》えながらねむるの……。」

セーラはロッティと手《て》をつないで小《ちい》さな部屋《へや》を歩《ある》き回《まわ》り、せいいっぱいこの部屋《へや》のいいところをロマンチックに話《はな》した。そして、ロッティが帰《かえ》るころには、すっかり気《き》がまぎれていたのだった。

友《とも》だちを得意《とくい》のお話《はなし》で楽《たの》しませたことで、セーラは持《も》ち前《まえ》の豊《ゆた》かな想像力《そうぞうりょく》を取《と》りもどしていた。そして、その想像力《そうぞうりょく》によってさびしい生活《せいかつ》のなかで、新《あたら》しい友《とも》だちを見《み》つけ出《だ》したのだ。それは屋根裏部屋暮《やねうらべやぐ》らしを始《はじ》めたころ、ふるえあがっていたネズミたちである。

あるときかべの穴《あな》から出《で》てきたネズミを見《み》て、セーラはふと考《かんが》えたのだ。

（考《かんが》えてみたら、ネズミだって楽《らく》じゃないわよね。何《なに》も悪《わる》いことをしていないのに、みんなにきらわれて、追《お》い回《まわ》されて……。）

「おいで。わたしは、あなたをつかまえたりしないわ。ほら、お近《ちか》づきのしるしよ、どうぞ。」

セーラがお菓子《かし》のかけらを投《な》げると、ネズミはお

そるおそる近《ちか》よってきた。つぶらなひとみでセーラを見上《みあ》げている。そして、一口《ひとくち》二口《ふたくち》かじると、それをくわえてまたかべの穴《あな》にもどっていった。

「ふふ、家族《かぞく》のところへ持《も》っていったのね。」

それから、セーラはメルキゼデクと名《な》づけたこのネズミと仲《なか》よしになったのだ。

「ネズミですって!?」

ひさしぶりに屋根裏部屋《やねうらべや》を訪《おとず》れたアーメンガードは、セーラからこの話《はなし》を聞《き》いてすっかりおどろいてしまった。

「ちっともこわくないのよ。よくなれているの。会《あ》ってみる?」

セーラが口笛《くちぶえ》をふくと、かべの穴《あな》から灰色《はいいろ》の丸《まる》っこいネズミが姿《すがた》を現《あらわ》した。アーメンガードは、初《はじ》めはおびえていたがセーラが落《お》としてやったパンくずの大《おお》きなかたまりをいそいそと穴《あな》に持《も》っていく姿《すがた》を見《み》ると、不思議《ふしぎ》とかわいらしく思《おも》えてきた。

「よく耳《みみ》をすませてみて。わたしね、今《いま》では三種類《さんしゅるい》の声《こえ》を聞《き》き分《わ》けられるのよ。メルキゼデクの声《こえ》、メルキゼデクのおくさんの声《こえ》、それから子《こ》どもたちの声《こえ》……。」

ついにアーメンガードはこわがっていたのも忘《わす》れて、クスクス笑《わら》い出《だ》した。

「あなたはおもしろいことを見つける天才ね。」

そのとき、かべをコッコッたたく音《おと》がしたのでアーメンガードは飛《と》び上《あ》がった。

「セーラ、今《いま》の音《おと》は何《なに》？」

セーラは、わざとまじめな顔《かお》をして言《い》った。

「となりの囚人《しゅうじん》からの合図《あいず》よ。ノック二回《にかい》は『そこにいるか？』という意味《いみ》なの。」

「となりの囚人《しゅうじん》って……ベッキーのこと？」

セーラはうなずくと、かべを三回《さんかい》たたいた。

「ノック三回《さんかい》は『ここにいるぞ。異常《いじょう》なし』というわけ。」

すぐさま、四回《よんかい》のノックが返《かえ》ってきたので、セーラはまた解説《かいせつ》した。

「これは、『苦《くる》しみをともにする仲間《なかま》よ。安《やす》らかに、よきねむりを』という意味《いみ》よ。」

アーメンガードは、すっかり感心《かんしん》した。

「セーラ、あなたって本当《ほんとう》に何《なん》でも物語《ものがたり》みたいにしてしまうのね。」

「ええ、みんな物語《ものがたり》の登場人物《とうじょうじんぶつ》なのよ。わたしも、あなたもね！」

セーラがまたひとしきりお話《はなし》を語《かた》り、アーメンガードがこっそりと階段《かいだん》を下《お》りていったのは、夜《よる》もおそくなってからであった。

第《だい》6章《しょう》

セーラをめぐる人々《ひとびと》

愛情《あいじょう》と孤独《こどく》と

アーメンガードやロッティが屋根裏部屋《やねうらべや》を訪《たず》ねるのは、危険《きけん》なことだった。ミンチン先生《せんせい》はセーラが生徒《せいと》と話《はな》すのを禁《きん》じていたし、アーメンガードが夜《よる》に部屋《へや》をぬけ出《だ》していることが知《し》られたたらひどくしかられるだろう。それに、セーラが仕事《しごと》を終《お》えて部屋《へや》にもどる時間《じかん》はまちまちだ。だから、二人《ふたり》が部屋《へや》にやって来《く》るチャンスはかぎられていて、セーラは孤独《こどく》な毎日《まいにち》を送《おく》っていた。

用《よう》を言《い》いつけられて町《まち》に出《で》かけるときは、ひとりで部屋《へや》にいるときよりもさびしさを強《つよ》く感《かん》じた。楽《たの》しそうに行《い》きかう人々《ひとびと》のなか、くたびれた服《ふく》でたくさんの荷物《にもつ》をかかえて歩《ある》くセーラに目《め》を向《む》ける人《ひと》はだれもいない。

このところセーラはぐんと背《せ》がのびて、古《ふる》い服《ふく》が体《からだ》に合《あ》わなくなり、変《へん》なふうに見《み》えるとわかっていた。ショーウインドーにうつる姿《すがた》に、自分《じぶん》で笑《わら》ってしまうこともあったが、顔《かお》を赤《あか》らめて急《いそ》いで目《め》をそむけることもあった。

セーラの楽《たの》しみは、オレンジ色《いろ》のあかりがともる家《いえ》の窓《まど》から、幸《しあわ》せな家庭《かてい》の様子《ようす》をちらりとのぞくことだった。どんな人《ひと》たちが、どんな話《はなし》をしながら夕食《ゆうしょく》のテーブルをかこむのか、想像《そうぞう》するのが心《こころ》のなぐさめになっていた。

セーラは近所《きんじょ》の家々《いえいえ》を観察《かんさつ》していたが、一番《いちばん》のお気《き》に入《い》りは学院《がくいん》と同《おな》じ通《とお》りにある大《おお》きな家《いえ》だ。セーラはここに住《す》む人《ひと》たちを「大家族《だいかぞく》」と呼《よ》んでいた。

たくましいお父《とう》さん、やさしそうなお母《かあ》さん、八人《はちにん》の子《こ》どもたちが暮《く》らす家《いえ》は、いつも笑《わら》い声《ごえ》がたえないのだ。

ちょっとした事件《じけん》が起《お》こったのは、クリスマスの日《ひ》のことだ。

セーラが買《か》い物《もの》に行《い》こうと外《そと》に出《で》たとき、大家族《だいかぞく》の子《こ》どもたちはパーティーに出《で》かけるために馬車《ばしゃ》に乗《の》りこむところだった。

（まあ、みんなすてきな服《ふく》を着《き》て、りっぱに見《み》えること。）

セーラは、なかでもばら色《いろ》のほおをした小《ちい》さな男《おとこ》の子《こ》のかわいらしさにすっかり見《み》とれてしまった。男《おとこ》の子《こ》――セーラはガイと名前《なまえ》をつけて呼《よ》んでいたが――は、セーラが自分《じぶん》を見《み》つめているのに気《き》づいて、何《なに》やらハッとした表情《ひょうじょう》をうかべた。

そして、ガイはちょこちょことセーラに歩《あゆ》みよると、ズボンのポケットから六《ろく》ペンス硬貨《こうか》を取《と》り出《だ》したのだ。

「これ、あげるね。」

セーラはガイの思《おも》いがけない行《こう》動《どう》にびっくりしてしまった。

「あら、そんな。もらえないわ。」

しかし、ガイは純粋《じゅんすい》なひとみでセーラを見《み》つめて言《い》うのだ。

「もらってよ。あなたはかわいそうな女《おんな》の子《こ》でしょう?」

(わたし、そんなにみすぼらしく見《み》えるのね。)

セーラはほおが熱《あつ》くなり苦々《にがにが》しさがこみ上《あ》げてきたが、プライドをおしこめた。男《おとこ》の子《こ》の気《き》持《も》ちをふいにしたくはなかったのだ。

「ご親切《しんせつ》に、ありがとう。あなたはとてもやさしいのね。」

セーラがこう言《い》って受《う》け取《と》ると、ガイは満足《まんぞく》げにもどっていった。大家族《だいかぞく》のお父《とう》さんは子《こ》どもたちに、いい人《ひと》がまずしい子《こ》どもにプレゼントをおくるクリスマスの物語《ものがたり》を話《はな》して聞《き》かせていた。ガイはとても感動《かんどう》し、自分《じぶん》も「まずしくてかわいそうな子《こ》」に何《なに》かいいことをしたいと願《ねが》っていたところだったのである。

馬車《ばしゃ》が走《はし》り去《さ》ったあと、セーラは複雑《ふくざつ》な気持《きも》ちになったが、腹《はら》は立《た》たなかった。むしろ大家族《だいかぞく》のことはもっと好《す》きになっていた。

さびしい毎日《まいにち》のなかで、セーラは大好《だいす》きなものをより深《ふか》く愛《あい》するようになっていた。ベッキーとはさらに仲《なか》よくなっていたし、幼《おさな》い子《こ》たちにフランス語《ご》を教《おし》える時《じ》間《かん》も楽《たの》しみだった。小《ちい》さい少女《しょうじょ》たちは、やさしくて教《おし》え方《かた》の上手《じょうず》なセーラが大好《だいす》きで、みんなセーラのとなりに座《すわ》ろうときそい合《あ》っていたほどだ。窓辺《まどべ》に集《あつ》まるスズメたち、それからネズミのメルキゼデクたちもセーラのりっぱな話《はな》し相手《あいて》だった。

一方《いっぽう》、あれほどまでに仲《なか》よしだったエミリーが、今《いま》はセーラにとって遠《とお》い存在《そんざい》になっていた。セーラが話《はな》しかけても、エミリーは以前《いぜん》のように答《こた》えてはくれない。

つかれきって帰《かえ》ってきたある夜《よる》、いすの上《うえ》でつんとすましているエミリーを見《み》て、ついにセーラの気持《きも》ちは爆発《ばくはつ》した。


「もう、たえられない！　このままだと死《し》んでしまうわ。」


セーラのひとみからなみだがぼろぼろとこぼれ落《お》ちた。

「朝《あさ》から晩《ばん》まで歩《ある》き回《まわ》らされて、しかられてばかり。ボロボロのくつのせいですべって転《ころ》んだらどろだらけになって知《し》らない人《ひと》たちに笑《わら》われて……晩《ばん》ご飯《はん》もぬきで、おなかがペコペコよ。ねえ、エミリー、聞《き》いているの⁉」

エミリーのガラス玉《だま》のひとみはうつろで、セーラに何《なに》も語《かた》りかけてはくれない。

セーラはエミリーをつかむと、思《おも》いきりゆかにたたき落《お》とした。

「あなたは、ただの人形《にんぎょう》だわ！　心《こころ》なんてない！　特別《とくべつ》な人形《にんぎょう》なんかじゃない！」

セーラは泣《な》き続《つづ》けた。しかし、しばらくたって落《お》ち着《つ》いてくると、自分《じぶん》がはげしく泣《な》いてしまったことにおどろいた。

（わたし、これまでこんなに感情的《かんじょうてき》になったこと、あったかしら？）

セーラは、エミリーを拾《ひろ》いあげた。エミリーのひとみに、セーラに同情《どうじょう》するような気持《きも》ちが見《み》て取《と》れたのだ。

（あなたは、人形《にんぎょう》でいるしかないのよね。みんな、自分《じぶん》でしかいられない。でも、がんばっているのね。）

セーラはほほえむと、エミリーを

だき上《あ》げてやさしくキスをした。

インドからやって来《き》た紳士《しんし》

(あら、おとなりの空《あ》き家《や》にだれか引《ひ》っこしてきたのね!)

お使《つか》いに出《で》たセーラはとなりの家《いえ》にたくさんの家具《かぐ》が運《はこ》びこまれるのを見《み》て、目《め》を細《ほそ》めた。その晩《ばん》、セーラの部屋《へや》を訪《たず》ねてきたベッキーも興味《きょうみ》しんしんで、仕入《しい》れてきた情報《じょうほう》をひろうした。

「おとなりのご主人《しゅじん》は、インドの方《かた》だそうですよ。」

「あら、やっぱり? そうじゃないかと思《おも》ったわ。」

セーラは、りっぱな家具《かぐ》のなかに、インドでよく見《み》たもようがきざまれたテーブルや、インド風《ふう》の織物《おりもの》があるのに気《き》づいていたのだ。

しばらくすると、さらにくわしいことがわかった。インドからやって来《き》た紳士《しんし》は大金持《おおがねも》ちだが、おくさんや子《こ》どもはいないこと。今《いま》は病気《びょうき》をしていて、ほとんどねこんでいること。

（おかわいそうに。早《はや》く病気《びょうき》がよくなりますように。）

顔《かお》はちらりとしか見《み》たことがないけれど、かつてお父《とう》さまといっしょに暮《く》らしたインドからやって来《き》た人《ひと》だと思《おも》うと、自然《しぜん》と親《した》しみがわくのだった。

その日《ひ》は午後《ごご》の仕事《しごと》が早《はや》くすみ、だれからも用《よう》を言《い》いつけられなかったので、セーラはめずらしく夕方《ゆうがた》に部屋《へや》にもどってきていた。

窓《まど》から美《うつく》しい夕日《ゆうひ》をながめていると、すぐそばで物音《ものおと》がした。セーラがそちらに目《め》をやると、ちょうどとなりの家《いえ》の屋根裏部屋《やねうらべや》の窓《まど》から、頭《あたま》に白《しろ》いターバンを巻《ま》きつけ、白《しろ》い服《ふく》を着《き》た男《おとこ》の人《ひと》が顔《かお》を出《だ》していた。セーラは、その服装《ふくそう》がインド人《じん》のラスカー(召使《めしつか》い)のものだと知《し》っていた。この家《いえ》のご主人《しゅじん》に仕《つか》えているのだと思《おも》った。彼《かれ》はうでのなかにしっかりと小《ちい》さなサルをだいていた。さっき聞《き》こえてきた物音《ものおと》は、小《こ》ザルの鳴《な》き声《ごえ》だったらしい。彼《かれ》はセーラと同《おな》じように夕日《ゆうひ》を見《み》つめていたが、そのまなざしはどこかさびしそうだ。

(きっと、ふるさとのインドをなつかしんでいるんだわ。)

セーラは、窓《まど》からちょっと頭《あたま》を出《だ》すと、彼《かれ》にほほえみかけた。すると、彼《かれ》も気《き》がついて白《しろ》い歯《は》を見《み》せて笑《わら》い返《かえ》した。そのときだ。

彼《かれ》のうでのなかから小《こ》ザルが飛《と》び出《だ》したかと思《おも》うと、屋根《やね》をつたい、セーラの部《へ》屋《や》に飛《と》びこんできたのだ。

「あら、どうしましょう!」

セーラは、部屋《へや》のなかを飛《と》び回《まわ》るサルの姿《すがた》に笑《わら》い転《ころ》げた。しかし、ほうっておいたら、また屋根《やね》に飛《と》び出《だ》して、外《そと》ににげてしまうかもしれない。

「このおサルさん、わたしにつかまえられるかしら?」

セーラがインドの言葉《ことば》で話《はな》しかけると彼《かれ》は意外《いがい》そうな顔《かお》をし、それからうれしそうな笑顔《えがお》をうかべた。

「かみついたりはしませんが、すばしっこいので……。わたしがそちらの部屋《へや》に行《い》ってもかまいませんか?」

「ええ、もちろんです。」

セーラが答《こた》えると、彼《かれ》は身軽《みがる》に屋根《やね》をつたい歩《ある》き、窓《まど》からひょいとセーラの部屋《へや》に下《お》りた。

小《こ》ザルはしばらくセーラの部屋《へや》をぴょんぴょんはね回《まわ》って遊《あそ》んだが、よくなれているようで、やがて大人《おとな》しく彼《かれ》のうでのなかにおさまった。

小《こ》ザルをかたに乗《の》せると、男《おとこ》の人《ひと》は自己《じこ》しょうかいをした。

「わたしはラム・ダスと申《もう》します。おじょうさまには感謝《かんしゃ》の言葉《ことば》もございません。病気《びょうき》の主人《しゅじん》は、このサルを心《こころ》のなぐさめにしておりますので、もしにげてしまっていたらどんなに悲《かな》しんだでしょう。」

ラム・ダスはこのそまつな部屋《へや》をじろじろ見《み》ることはなく、セーラに対《たい》してていねいな言葉《ことば》で話《はな》し、うやうやしい態度《たいど》をとった。まるでプリンセスに接《せっ》するように。

ラム・ダスが帰《かえ》ってしまったあと、セーラは今《いま》の出来事《できごと》について考《かんが》えていた。

(わたしは、前《まえ》にプリンセスであろうとしていたけれど、今《いま》こそもう一度《いちど》それに挑《ちょう》戦《せん》するべきではないかしら。おなかをすかせて、ひどい言葉《ことば》を投《な》げつけられて、みっともない服《ふく》を着《き》て……そんなわたしがプリンセスの気持《きも》ちを持《も》ち続《つづ》けられたとしたら、それこそすばらしいことだわ。)

セーラのほおには赤《あか》みがさし、目《め》は美《うつく》しくかがやいていた。

〔どんな運命《うんめい》が待《ま》っていようと、わたしの心《こころ》のなかだけはだれにも変《か》えられない！　ぼろを着《き》てプリンセスであり続《つづ》けるのはむずかしいけど、やってみせるわ。〕

「プリンセスは、どんなときでも礼儀《れいぎ》正《ただ》しくしなければ。」

セーラはいつもそう自分《じぶん》に言《い》い聞《き》かせていた。

料理番《りょうりばん》や使用人《しようにん》たちがらんぼうな口調《くちょう》でどなりつけても、礼儀《れいぎ》正《ただ》しい言葉《ことば》づかいを忘《わす》れない。

「あの子《こ》には調子《ちょうし》がくるっちまうね。『よろしいでしょうか。』だの『おじゃましてもいいですか。』だの、上品《じょうひん》な言葉《ことば》をふりまいていった

いどういうつもりだろうね。」

聞《き》こえよがしにからかわれても、セーラは気《き》にもとめない。

ミンチン先生《せんせい》は、自分《じぶん》がお説教《せっきょう》しているときも、セーラが高貴《こうき》な人間《にんげん》のような顔《かお》をしているのが気《き》にくわなかった。

ある日《ひ》、セーラは教室《きょうしつ》で、小《ちい》さい子《こ》たちのフランス語《ご》の練習帳《れんしゅうちょう》を集《あつ》めながら、想《そう》像《ぞう》をめぐらせていた。

（やぶれたくつをはいているわたしが、身分《みぶん》をかくしたプリンセスだと知《し》ったらミンチン先生《せんせい》はどんな顔《かお》をするかしら？）

そのとき、セーラはミンチン先生《せんせい》がもっとも気《き》に入《い》らない顔《かお》をしていたにちがいない。ミンチン先生《せんせい》は、セーラに近《ちか》づくといきなりほおを引《ひ》っぱたいた。セーラはおどろいたが、次《つぎ》の瞬間《しゅんかん》、小《ちい》さく笑《わら》い出《だ》していた。

「何《なに》を笑《わら》っているんです!?　本当《ほんとう》にふてぶてしい子《こ》ね！」

ミンチン先生《せんせい》はカンカンになった。

「考《かんが》えごとをしていたんです。」

「すぐにあやまりなさい！」

「笑《わら》ったことはあやまります。でも、考《かんが》えごとをしていたことはあやまりません。」

「何《なん》ですって。わたしの教室《きょうしつ》で、何《なに》を考《かんが》えていたというんですか。」

セーラは、ゆっくりと言葉《ことば》をかみしめるように話《はな》した。

「ミンチン先生《せんせい》は、自分《じぶん》が何《なに》をしているかわかっていらっしゃらないということです。それから、もしわたしがプリンセスなのに、先生《せんせい》がわたしをたたいたとしたら、わたしはどうするだろうかと。もしわたしがプリンセスだったら、先生《せんせい》はそんな失《しつ》礼《れい》なことをすることはないだろうということです。」

セーラがあまりに堂々《どうどう》と語《かた》ったので、ミンチン先生《せんせい》はすっかりその迫力《はくりょく》にのみこまれてしまって、こうどなりつけるのがやっとだった。

「自分《じぶん》の部屋《へや》にもどりなさい！　教室《きょうしつ》から今《いま》すぐ出《で》ていくんですよ！」
セーラが平然《へいぜん》と教室《きょうしつ》を出《で》ていったあと、生徒《せいと》たちは教科書《きょうかしょ》で顔《かお》をかくしながらこっそりささやきあった。
「セーラって、すごいわね。」
「もしかしたら、あの人《ひと》、本当《ほんとう》にプリンセスじゃないかって気《き》になるわ。」

第《だい》7章《しょう》 思《おも》いやり深《ぶか》いセーラ

インドの紳士《しんし》のなやみごと

「この学院《がくいん》とおとなりの家《いえ》はぴったりならんでいるでしょう。ちょうど教室《きょうしつ》と、ご主人《しゅじん》の書斎《しょさい》がとなり合《あ》わせになっているの。このかべの向《む》こうに、あのご主人《しゅじん》がいらっしゃると思《おも》うと、どんどん親《した》しい人《ひと》のように思《おも》えてくるわ。わたし、あの方《かた》とお友《とも》だちになることにしたの。」

セーラが話《はな》すと、アーメンガードは不思議《ふしぎ》そうにたずねた。

「お友《とも》だちになるって、どうやって？」

「別《べつ》に会《あ》って話《はな》さなくてもいいのよ。その人《ひと》のことを考《かんが》えたり、楽《たの》しい気持《きも》ちでいてくださったらいいなと思《おも》うだけで友《とも》だちになれるの。あの方《かた》は具合《ぐあい》がよくないみたい。毎日《まいにち》のようにお医者《いしゃ》さまが通《かよ》ってくるからとても心配《しんぱい》だわ。」

台所《だいどころ》の料理番《りょうりばん》や使用人《しようにん》たちは、盛《さか》んにインドの紳士《しんし》のうわさ話《ばなし》をした。

それによれば、彼《かれ》は正確《せいかく》にはインドに住《す》んでいたイギリス人《じん》だということだ。

「名前《なまえ》はカリスフォードっていってね。なんでも、仕事《しごと》が失敗《しっぱい》して一度《いちど》は全財産《ぜんざいさん》をなくしかけたあげくに病気《びょうき》になったそうだよ。それがどうにか仕事《しごと》のほうは持《も》ち直《なお》して、財産《ざいさん》は無事《ぶじ》に手元《てもと》にもどったってわけだ。」

「カリスフォードが手《て》を出《だ》した仕事《しごと》っていうのは、ダイヤモンド鉱山《こうざん》なんだって。」

ここで、料理人《りょうりにん》はセーラのほうをちらりと見《み》た。

「いや、おれだったらどんなにうまいもうけ話《ばなし》だって、鉱山《こうざん》に金《かね》をつぎこむようなまねはしないね。あれが危険《きけん》だっていうのは知《し》ってるからさ。」

聞《き》こえよがしに言《い》われても、セーラは傷《きず》つかなかった。むしろ、カリスフォードによけいに親近感《しんきんかん》がわいた。

（あの方《かた》は、お父《とう》さまとまったく同《おな》じような思《おも》いをなさったのね。お父《とう》さまのように、病気《びょうき》でなくなったりしませんように。）

セーラは、となりの家《いえ》の前《まえ》を通《とお》るだけでもうれしかったから、使《つか》いに出《だ》されるのを喜《よろこ》んだ。窓《まど》のカーテンが開《ひら》いているときに横顔《よこがお》が見《み》られるのがせいぜいだったが、思《おも》いは伝《つた》わると信《しん》じていた。

「ご病気《びょうき》がよくなりますように。おやすみなさい。」

「お気《き》の毒《どく》に。お父《とう》さまが頭《あたま》が痛《いた》いとき、よく頭《あたま》をなでてあげたけれど、あなたにもそんな方《かた》がいてくれたらいいのに。わたしがそうなれたらいいのに。」

セーラは、窓《まど》の外《そと》でこんなふうにつぶやいた。

医者《いしゃ》のほかに、カリスフォードをよく訪《たず》ねてくる客《きゃく》がもう一人《ひとり》いた。それは、「大家族《だいかぞく》」のお父《とう》さんであるカーマイケルだった。

セーラは、大家族《だいかぞく》のお父《とう》さんのことはよく知《し》らなかったが、自分《じぶん》の好《す》きな人同士《ひとどうし》が仲《なか》よくしているのはうれしかった。

（カリスフォードさんはいつも深《ふか》く考《かんが》えこんでいるわ。ご病気《びょうき》のほかに、なやみごとがあるのではないかしら。「お父《とう》さん」が、いい相談相手《そうだんあいて》になって、明《あか》るい気持《きも》ちになっていたらいいいんだけど。）

実《じつ》は、「大家族《だいかぞく》」のお父《とう》さんであるカーマイケルは、弁護士《べんごし》だった。カリスフォードの家《いえ》に足《あし》しげく通《かよ》っていたのは、彼《かれ》の人探《ひとさが》しを手伝《てつだ》っているためだった。

「どうやら、パリのパスカル学院《がくいん》にいる少女《しょうじょ》は、あなたがお探《さが》しの少女《しょうじょ》とはちがうように思《おも》います。」

カーマイケルが書類《しょるい》をめくりながらこう言《い》うと、カリスフォードはがっくりとかたを落《お》とした。

「そうか……。」

「あまり気《き》を落《お》としませんように。それではご病気《びょうき》もよくなりませんよ。」

すると、カリスフォードは深《ふか》いためいきをついた。

「ああ、あの子《こ》は今《いま》どうしているんだろう。不幸《ふしあわ》せな目《め》にあっているかもしれないと思《おも》うと、つらくてたまらないよ。だって、わたしは、その子《こ》がもらうべき財産《ざいさん》

をあずかっている立場《たちば》なんだ。」

　カーマイケルはこまってしまったが、ハッとして口《くち》を開《ひら》いた。

「その少女《しょうじょ》がパリの学校《がっこう》にいるというのはまちがいないのですか？」

「うむ。そうとは言《い》い切《き》れない。わたしが知《し》っているのは、外国《がいこく》の学校《がっこう》にあずけられたということだけだ。ただ、クルーの妻《つま》はフランス人《じん》だったから、パリで教育《きょういく》を受《う》けさせようと思《おも》ったんじゃないかと考《かんが》えたのさ。」

「なるほど……たしかにその可能性《かのうせい》は高《たか》いですね。」

　カリスフォードは頭《あたま》をかかえた。

「カーマイケル。どうしても探《さが》し出《だ》さなきゃならないんだ。でなきゃ、死《し》んだクルーに申《もう》し訳《わけ》ない。あいつは、わたしを信《しん》じてダイヤモンド鉱山《こうざん》の仕事《しごと》に乗《の》り出《だ》してくれた。失敗《しっぱい》したかと思《おも》ったとき、わたしたちは重《おも》い病《やまい》にとりつかれ……わたしが意識《いしき》を取《と》りもどしたときには、あいつは死《し》んでしまっていたんだ。しかも、皮肉《ひにく》なことに鉱山《こうざん》の仕事《しごと》は持《も》ち直《なお》して、わたしのもとにはあいつの分《ぶん》の財産《ざいさん》ものこされた。クルーが『小《ちい》さなおくさん』と呼《よ》んでいた少女《しょうじょ》をなんとしても見《み》つけ出《だ》さなくては……。」

となりの家《いえ》でこんな会話《かいわ》がかわされていたとき、セーラや屋根裏部屋《やねうらべや》でメルキゼデクにパンくずを投《な》げてやっているところだった。

セーラがどれほど想像力豊《そうぞうりょくゆた》かでも、まさか二人《ふたり》がこんな話《はなし》をしているとは夢《ゆめ》にも思《おも》わなかっただろう。

六《むっ》つのパン

この冬《ふゆ》は、特《とく》に寒《さむ》さがきびしかった。何日《なんにち》も続《つづ》けて、冷《つめ》たい雨《あめ》がふり注《そそ》いでいた。

そんなときでもセーラは一日《いちにち》に何度《なんど》も、遠《とお》くに使《つか》いにやらされるのだ。

この日も、もう何度《なんど》も町《まち》に出《で》かけたセーラの服《ふく》は、ただでさえうすい上《うえ》にびっしょりと雨《あめ》にぬれていた。ぬかるみのなかを歩《ある》き続《つづ》けたために、くつはこれ以上水《いじょうみず》がしみこまないほどぬれていて、小《ちい》さな足《あし》は冷《ひ》え切《き》ってかじかんでいた。

しかも、セーラは昼《ひる》ご飯《はん》を食《た》べさせてもらっていなかった。ミンチン先生《せんせい》のきげんが悪《わる》かったため、ばつとして食事《しょくじ》をぬかれたのだ。

セーラはそれでも足《あし》を前《まえ》に進《すす》めながら、けんめいに想像《そうぞう》しようとしていた。

（わたしは、かわいたあたたかい服《ふく》を着《き》ているのよ。たけの長《なが》いぶあついコートに、上等《じょうとう》のくつをはいて、大《おお》きなかさをさしている。そして、あたたかい焼《や》き立《た》てのパンを売《う》っているお店《みせ》の近《ちか》くを通《とお》りかかるの。そこで、ちょうどよく六《ろく》ペンス硬貨《こうか》を見《み》つけるのよ。だれのものでもないの。さあ、そのお金《かね》で六個《ろっこ》のパンが買《か》えるわ。きっと一気《いっき》に食《た》べちゃうわね！）

こう自分《じぶん》に言《い》い聞《き》かせていたとき、とても不思議《ふしぎ》なことが起《お》こった。

ひどくぬかるんだ道《みち》を横切《よこぎ》ろうとしたセーラは、しんちょうに足《あし》もとを見《み》て歩《ある》いていた。そのとき、道路《どうろ》のわきのみぞに、キラリと光《ひか》るものを見《み》つけたのだ。

「まあ！」

それは……想像《そうぞう》と少《すこ》しちがっていて、六《ろく》ペンス硬貨《こうか》ではなく四《よん》ペンス硬貨《こうか》だった。

「本物《ほんもの》だわ。」

セーラは、まじまじとお金《かね》を見《み》つめた。しかも、さらにおどろいたことに、セーラの前《まえ》には、おいしそうなかおりをただよわせるパン屋《や》があったのだ。

セーラはまわりを見《み》わたした。落《お》としたお金《かね》を探《さが》しているような人《ひと》はいない。この硬貨《こうか》は長《なが》い間《あいだ》、ここで道行《みちゆ》く人《ひと》たちにふみつけられていたようだ。

（でも、念《ねん》のため、パン屋《や》さんにこのお金《かね》を落《お》とさなかったか聞《き》いてみよう。）

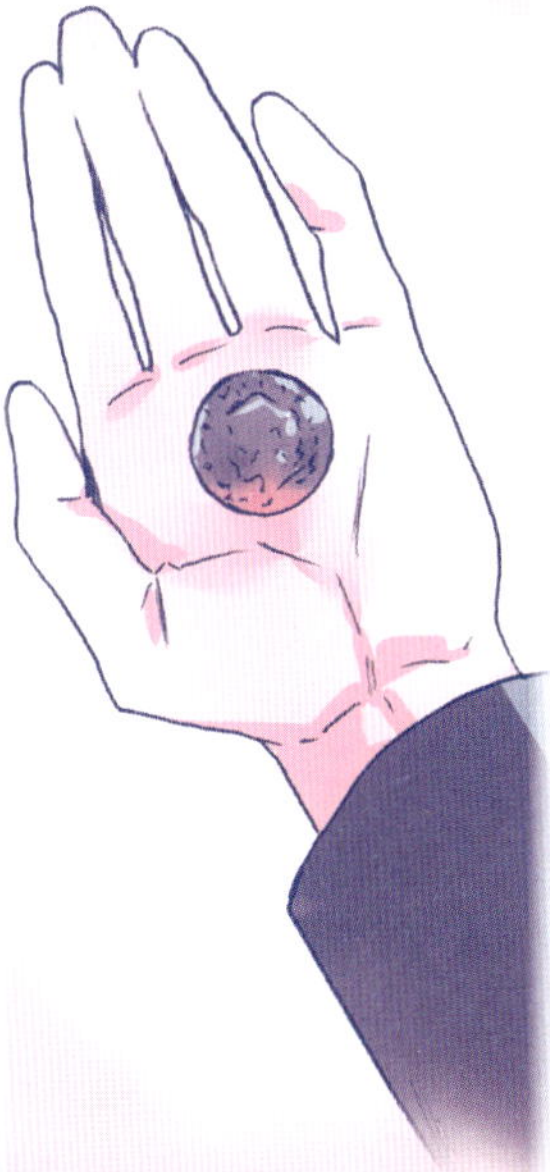

パン屋《や》に入《はい》ろうと石段《いしだん》をのぼりかけたとき、セーラは足《あし》もとに目《め》をやり、足《あし》を止《と》めた。そこには、やせ細《ほそ》ったセーラよりももっとみじめなかっこうの少女《しょうじょ》がうずくまっていたのだ。かみはぼさぼさ、目《め》はうつろで顔《かお》はよごれ、服《ふく》はぼろきれ同然《どうぜん》だ。

「あなた、おなかすいてる？」

セーラが話《はな》しかけると、その子《こ》はかすれた声《こえ》で返事《へんじ》をした。

「うんと、すいてる。」

「お昼《ひる》ごはんは食《た》べてないの？」

「昼《ひる》ごはんも朝《あさ》ごはんも、食《た》べてない。昨日《きのう》も。いろんなとこで食《た》べ物《もの》をくださいってお願《ねが》いしたけど、何《なに》ももらえないんだ。」

（この子《こ》は、わたしよりもずっとおなかがすいている。）

もちろん自分《じぶん》だって気《き》が遠《とお》くなるほどおなかがペコペコだった。それでもセーラは、気《き》がつくとこう考《かんが》え始《はじ》めていたのだ。

（もし、わたしが本物《ほんもの》のプリンセスなら、自分《じぶん》よりひもじい思《おも》いをしている国民《こくみん》がいたら、自分《じぶん》のものを分《わ》けあたえるはずだわ。）

「ちょっと待《ま》ってて。」

セーラは石段《いしだん》をかけ上《あ》がった。パン屋《や》に入《はい》るとふわっと体《からだ》があたたかくなり、あまくこうばしいにおいにつつまれる。

気《き》のよさそうなおかみさんに、セーラは話《はな》しかけた。

「あの、この四《よん》ペンス硬貨《こうか》を落《お》としませんでしたか？」

おかみさんは、セーラの顔《かお》と硬貨《こうか》を交互《こうご》にながめた。

「いいえ、落《お》としていませんよ。拾《ひろ》ったの？」

「はい。ここの前《まえ》の道路《どうろ》のみぞに落《お》ちていたんです。」

おかみさんは、びっくりしたようにセーラをのぞきこんだ。

「それならあなたが取《と》っておきなさい。だれが落《お》としたかなんてもうわかりません

よ。」

　そして、セーラがパンに目《め》を走《はし》らせるのを見《み》て言《い》った。

「何《なに》か、さしあげますか？」

「はい。この、一《ひと》つ一《いち》ペニー＊のぶどうパンを四《よっ》つください。」

　おかみさんが紙《かみ》ぶくろにパンを六《むっ》つ入《い》れるのを見《み》て、セーラはあわてて言《い》った。

「あの、四《よっ》つなんですけれど。四《よん》ペンスしかありませんから。」

　すると、おかみさんは血色《けっしょく》のいい顔《かお》に笑顔《えがお》をうかべた。

＊ペニー……イギリスのお金《かね》の単位《たんい》。2以上《いじょう》の単位《たんい》はペンス。

「二《ふた》つはおまけですよ。おなかがすいてるんでしょう。」

「はい。ご親切《しんせつ》に、ありがとうございます！」

セーラは、外《そと》で待《ま》っている少女《しょうじょ》のことを話《はな》そうかと思《おも》ったが、ほかのお客《きゃく》さんがやって来《き》たので店《みせ》を出《で》た。

外《そと》の石段《いしだん》には、さっきの少女《しょうじょ》がこしかけていた。

「どうぞ。焼《や》き立《た》てで、とてもおいしいわよ。」

セーラがパンを一《ひと》つわたすと、少女《しょうじょ》はむさぼるように食《た》べ始《はじ》めた。

「うまい。ああ、うまい。」

少女《しょうじょ》が目《め》を光《ひか》らせてパンにかぶりつくのを見《み》ると、セーラは胸《むね》がしめつけられるようだった。次々《つぎつぎ》にパンを手《て》わたすと、少女《しょうじょ》は夢中《むちゅう》になって口《くち》につめこんだ。

ふくろから四《よっ》つ目《め》のパンを出《だ》すときに、セーラの手《て》は少《すこ》しふるえた。

（でも、わたしはうえているほどではない。この子《こ》ほどではない……。）

そう言《い》い聞《き》かせながら、五《いつ》つ目《め》のパンをわたしていた。

「じゃあね。さようなら。」

そこを立《た》ち去《さ》ったとき、セーラはたった一《ひと》つのパンしか持《も》っていなかった。しばらくしてふり返《かえ》ると、少女《しょうじょ》はパンを手《て》に持《も》ったまま、セーラを見送《みおく》っている。セーラがうなずくと、少女《しょうじょ》は頭《あたま》をぺこりと下《さ》げた。

店《みせ》の窓《まど》からこの様子《ようす》を見《み》ていたパン屋《や》のおかみさんは、目《め》を丸《まる》くした。

「まあ、あの子ったら……自分のパンをあげちまったよ。」

おかみさんは外《そと》に出《で》てくると、パンを手《て》に座《すわ》りこんでいる少女《しょうじょ》に話《はな》しかけた。

「だれにパンをもらったの？」

少女《しょうじょ》は無言《むごん》で、セーラの後《うし》ろ姿《すがた》を指《ゆび》さした。

「いくつもらったんだい？」

「五《いつ》つ。」

おかみさんは、セーラの小《ちい》さな背中《せなか》を見《み》やると、ためいきをついた。

「あの子《こ》、自分《じぶん》には一《ひと》つしか取《と》っておかなかったんだ。あんなにおなかをすかせてそうだったのにねぇ。こんなことならもっとたくさんあげればよかったよ。」

おかみさんは、足《あし》もとの少女《しょうじょ》に向《む》かって言《い》った。

「店《みせ》にお入《はい》りなさい。体《からだ》をあたためるといい。」

少女《しょうじょ》はとまどいながら、おかみさんにみちびかれるまま、店《みせ》に足《あし》をふみ入《い》れた。

「これから、おなかがすいたときはうちに来《き》なさい。いつだってパンをあげるよ。そうでもしなくちゃ、あのりっぱな女《おんな》の子《こ》に申《もう》し訳《わけ》ないからね。」

セーラは、まだあたたかいパンを少《すこ》しずつ食《た》べながら歩《ある》いていた。たった一《ひと》つだけど、ないよりはましだと思《おも》い小《ちい》さくちぎっては、口《くち》に運《はこ》んだ。

（これは魔《ま》法《ほう》のぶどうパン。たった一《ひと》口《くち》で、お昼《ひる》ごはん一《いっ》回《かい》分《ぶん》と同《おな》じだけ食《た》べたことになるの。まあ……それじゃあ、おなかがいっぱいになりすぎちゃうわね。）

第《だい》8章《しょう》 屋《や》根《ね》裏《うら》部《べ》屋《や》のパーティー

すてきな思《おも》いつき

学院《がくいん》に帰《かえ》ってきたセーラは、運悪《うんわる》くミンチン先生《せんせい》に出《で》くわした。ミンチン先生《せんせい》は相変《あいか》わらずイライラしていて、今《いま》も料理番《りょうりばん》をしかり飛《と》ばしたところだった。

「セーラ、ずいぶんおそいじゃない。どこで道草《みちくさ》をくってたの。」

「雨《あめ》で道《みち》がぬかるんでいたものですから。わたしのくつは底《そこ》がぼろぼろで歩《ある》きにくいんです。」

「いいわけはやめなさい。」

ミンチン先生《せんせい》は冷《つめ》たく言《い》った。セーラは台所《だいどころ》に入《はい》っていったが、そこではミンチン先生《せんせい》にしかられたばかりの料理番《りょうりばん》が、むしゃくしゃした気分《きぶん》をぶつける相手《あいて》を待《ま》

ちかまえていた。セーラがたのまれて買《か》ってきた品《しな》を下《お》ろし、

「ここに置《お》きます。」

と言《い》うと、帰《かえ》りがおそいとなじったが、それでもまだ満足《まんぞく》しないようだった。

「あの、何《なに》か食《た》べるものをいただけませんでしょうか。」

「あんたの分《ぶん》なんか残《のこ》っちゃいないよ。パンくらいならあるかもしれないがね。」

戸《と》だなを探《さが》すとパンの切《き》れはしがあったので、セーラはそれを食《た》べた。パンはかたく、ひからびていた。

体《からだ》も心《こころ》もつかれきっていたセーラは階《かい》段《だん》をのぼりきるのもやっとだったので、屋根裏部屋《やねうらべや》でアーメンガードが待《ま》っていたことにとてもなぐさめられた。

「今日《きょう》はアメリア先生《せんせい》が、よそにとまりに行《い》っているの。わたしの部屋《へや》を見回《みまわ》りに来《く》る人《ひと》はいないから、朝《あさ》までだってここにいられるわ。」

アーメンガードはうれしそうに笑《わら》った。

「ところで、フランス語《ご》の調子《ちょうし》はどう？」

この前《まえ》にアーメンガードが来《き》たときに、セーラはフランス語《ご》の練習問題《れんしゅうもんだい》を手伝《てつだ》ったのだ。

「ずいぶんわかるようになってきたわ。この間《あいだ》の宿題《しゅくだい》がちゃんとできていたから、ミンチン先生《せんせい》はおどろいていたわよ。ロッティが算数《さんすう》をできるようになったわけもわからないでしょうね。まさか、ここでセーラに勉強《べんきょう》をみてもらっているとは……。」

言《い》いながら、アーメンガードはあらためて屋根裏部屋《やねうらべや》をながめた。

そのとき、下《した》の部屋《へや》からミンチン先生《せんせい》のどなり声《ごえ》が聞《き》こえてきたので、二人《ふたり》は顔《かお》を見合《みあ》わせた。

「このどろぼうむすめめ！　しょっちゅう食《た》べ物《もの》がなくなるって、前《まえ》から料理番《りょうりばん》が言《い》ってたんだよ。正直《しょうじき》に言《い》いなさい。ミートパイを食《た》べたのはおまえなんだろう!?」

「わたしじゃありません、本当《ほんとう》です！」

ミンチン先生《せんせい》が、ベッキーをしかっているのだった。ミンチン先生《せんせい》がベッキーをひっぱたく音《おと》もはっきりと聞《き》こえた。

「うそつきめ。とっとと部屋《へや》に帰《かえ》ってねてしまえ！」

続《つづ》いてベッキーが階段《かいだん》をのぼる音《おと》、そしてとなりの部屋《へや》のとびらがしまる音《おと》。

「ひどい。きっと料理番《りょうりばん》がベッキーにつみをおしつけたのよ。ベッキーはそんなことしない。どんなにおなかをすかせていても、がまんしているのに。」

セーラはいかりをあらわにし、それから両手《りょうて》で顔《かお》をおおい、むせび泣《な》き始《はじ》めた。

(セーラが、泣《な》いている……!)

アーメンガードはびっくりした。どんなときでも気高《けだか》く、決《けっ》してへこたれることのないセーラが泣《な》くなんて、信《しん》じられないことだった。

「あのね、セーラ。もしかして、あなた、おなかがすいている?」

セーラは顔《かお》から手《て》をはなした。

「ええ。すごくすいているわ。あなたを丸《まる》ごと食《た》べちゃえるくらい。」

「ああ、セーラ……。わたしったら、どうして今《いま》まで気《き》がつかなかったのかしら。」

アーメンガードはぽろぽろとなみだをこぼした。セーラは前《まえ》からすらりとしてい

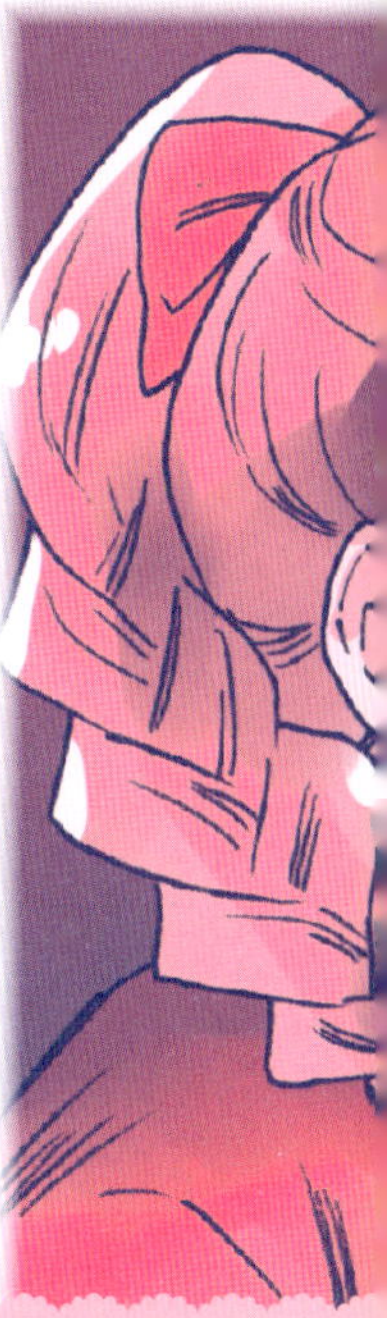

たけれど、よく見《み》ればひどくやせて、顔《かお》は青白《あおじろ》かった。

「そう思《おも》われたくなかったの。だって、ますますみじめになってしまうでしょう？」

「あなたはみじめなんかじゃないわ。」

そのとき、アーメンガードはすばらしいことを思《おも》いついた。

「セーラ！　あれを忘《わす》れるなんて、わたし、ばかだったわ。今日《きょう》の午後《ごご》、親《しん》せきのおばさんから小包《こづつみ》が届《とど》いたの。なかにはおいしいものがたくさん入《はい》っているのよ。ケーキにミートパイ、ジャムのタルトにチョコレートも……すぐ持《も》ってくるわ。」

食《た》べ物《もの》の名前《なまえ》を聞《き》いただけでも夢《ゆめ》のようで、セーラは目《め》が回《まわ》りそうだった。

「そんなことできる？」

「まかせてよ。もうみんな、ねている時間《じかん》よ。だれにも見《み》つかりっこないわ。」

アーメンガードは、ベッドから足《あし》をそっとゆかに下《お》ろした。

「そうだわ、わたしたち……パーティーごっこをしましょうよ。ねえ、

「となりの囚人《しゅうじん》も招待《しょうたい》していいかしら。」

「ベッキーね、もちろんよ。」

セーラがかべをノックして合図《あいず》すると、まもなくベッキーが泣《な》きはらした顔《かお》をのぞかせた。このすてきな計画《けいかく》を知《し》ると、ベッキーはあまりの幸《しあわ》せにすっかり興奮《こうふん》して、息切《いきぎ》れしそうなほどお礼《れい》の言葉《ことば》をくり返《かえ》した。

「じゃあ、すぐにもどるわね。」

アーメンガードがしのび足《あし》で部屋《へや》を出《で》ていくと、セーラはベッキーの両《りょう》かたをはげますようにつかんだ。

「さあ、ぐずぐずしている時間《じかん》はないわ。わたしたちはパーティーの準備《じゅんび》をするのよ。」

「あの、おじょうさま。準備《じゅんび》って……何《なに》をしたらいいんですかね？」

セーラは部屋《へや》を見回《みまわ》した。その瞬間《しゅんかん》、セーラはぱっとひらめいた。

セーラは、アーメンガードがゆかに落《お》としていった赤《あか》いショールを拾《ひろ》い上《あ》げると、テーブルの上《うえ》にかけた。二人《ふたり》にはそれだけで、部屋《へや》がたちまちはなやかになったように思《おも》えた。

「真《ま》っ赤《か》なテーブルクロスに、ゆかも真《ま》っ赤《か》なじゅうたんがあったらすてきだわ。その『つもり』になりましょう。なんてふかふかしているのかしら。」

セーラが言《い》うと、ベッキーも大《おお》まじめな顔《かお》で、じゅうたんのかんしょくを味《あじ》わうように、足《あし》でゆかをふみしめた。

次《つぎ》に、セーラは部屋《へや》のかたすみに置《お》いてあった古《ふる》いトランクのなかから十二枚《じゅうにまい》の白《しろ》いハンカチを見《み》つけ出《だ》すと、テーブルクロスの上《うえ》にならべた。

「これは金色《きんいろ》のお皿《さら》よ。それから、ナプキンでもあるわ。スペインの修道女《しゅうどうじょ》がしゅうした、みごとなものよ。」

セーラはみごとな想像力《そうぞうりょく》で、がらくたからいろいろなものを生《う》み出《だ》した。古《ふる》い麦《むぎ》わらぼうしについていた造花《ぞうか》をマグカップにかざると、それは美《うつく》しい彫刻《ちょうこく》かざりの水差《みずさ》しになった。バラの造花《ぞうか》をのせた石《せっ》けん置《お》きは、宝石《ほうせき》を散《ち》りばめた置物《おきもの》としてテーブルの真《ま》ん中《なか》にうやうやしくかざられた。バスケットを持《も》って現《あらわ》れたアーメンガードも目《め》をみはったほどだ。

「まあ、すてき。セーラ、あなたって本当《ほんとう》に魔法《まほう》が使《つか》えるのねぇ。」

「ここは、晩《ばん》さん会《かい》を開《ひら》く大広間《おおひろま》なの。広《ひろ》いベランダには、楽団《がくだん》の人《ひと》たちがおそろいの服《ふく》を着《き》てならんでいるわ。いい？　だんろには赤々《あかあか》と炎《ほのお》が燃《も》えていて、部屋中《へやじゅう》にろうそくがともしてあるのよ。」

よどみなく話《はな》すセーラの魔法《まほう》の言葉《ことば》に、アーメンガードもベッキーもうっとりと

聞《き》きほれた。そして、アーメンガードがバスケットから食《た》べ物《もの》を取《と》り出《だ》すと、パーティーはすばらしいものになった。ケーキにパン、果物《くだもの》やジュースもあった。

「まるで女王《じょおう》さまのテーブルみたい。」

ベッキーがためいきをついた。すると、アーメンガードが言《い》った。

「ねえ、こうしない？　ここはお城《しろ》で、わたしとベッキーは、プリンセス・セーラの晩《ばん》さん会《かい》に招待《しょうたい》されたことにするの。」

「でも、これはあなたのパーティーだわ。アーメンガードがプリンセスにならなくちゃ。」

セーラはこう言《い》ったが、アーメンガードは納得《なっとく》しなかった。

「だめよ。セーラがプリンセスになったほうが楽《たの》しいわ。わたしにはプリンセスの役《やく》なんてうまくできないもの。」

「わかったわ。では……みなさん、晩《ばん》さん会《かい》を始《はじ》めましょう。」

セーラはテーブルに近《ちか》づくと、二人《ふたり》に向《む》かっておごそかに言《い》った。

「おじょうさま方《がた》、テーブルにおつきください。国王《こくおう》はあいにく長旅《ながたび》に出《で》ておりますが、プリンセスであるわたしがみなさまを十分《じゅうぶん》におもてなしいたします。」

セーラは頭《あたま》を上《あ》げて部屋《へや》のすみのほうを見《み》やった。

「楽団員《がくだんいん》たちよ、演奏《えんそう》を始《はじ》めるがよい。」

それからセーラは小《ちい》さな声《こえ》で、説明《せつめい》を加《くわ》えた。

「晩《ばん》さん会《かい》のときには、演奏《えんそう》がつきものなの。さあ、いただきましょう。」

いっせいに、ごちそうに手《て》をのばしたときだった。

コツコツという物音《ものおと》が聞こえてきて、三人《さんにん》はいすからこしをうかせ、青《あお》ざめた顔《かお》でとびらのほうをうかがった。

「階段《かいだん》を上《あ》がってくる……あれはミンチン先生《せんせい》だわ。」

ベッキーの手《て》からケーキがすべり落《お》ちたと同時《どうじ》に、あらあらしくとびらが開《ひら》いた。

そこにいたのは、いかりにふるえるミンチン先生《せんせい》だった。

「こんなことじゃないかと思《おも》っていましたよ。」

ミンチン先生《せんせい》は、大声《おおごえ》でどなった。

「まさかここまでずうずうしいとは思《おも》わなかった。ラビニアが言《い》った通《とお》りだわ。」

(ラビニアがつげ口《ぐち》したんだわ。)

セーラはくちびるをぎゅっとかみしめた。

「わたしのおばさんが、食《た》べ物《もの》を送《おく》ってくれたんです。それで、みんなで分《わ》けようと思《おも》っただけなんです。」

アーメンガードが泣《な》きながらべんかいしたが、ミンチン先生《せんせい》はセーラをにらみつけていた。

「アーメンガードがこんな気《き》のきいたことを思《おも》いつくわけがない。どうせセーラにそそのかされたんだろう。がらくたでテーブルをかざりつけたりして、くだらない。」

そう言《い》ってミンチン先生《せんせい》は腹立《はらだ》たしげにゆかをふみ鳴《な》らした。

「ベッキー、おまえは自分《じぶん》の部屋《へや》にさっさとお帰《かえ》り！　アーメンガードはこの食《た》べ物《もの》をバスケットにしまって部屋《へや》にもどりなさい。何時《なんじ》だと思《おも》っているの。」

そして、ミンチン先生《せんせい》はまたセーラのほうに向《む》き直《なお》った。

「セーラ。おまえにはたっぷりばつをあげるからね。明日《あした》は、朝《あさ》も昼《ひる》も夜《よる》も、食事《しょくじ》ぬきだよ。」

「わたしは今日《きょう》も、昼《ひる》も夜《よる》も食事《しょくじ》をいただいていません。」

セーラは弱々《よわよわ》しく言《い》った。

「ああ、そうですか。じゃあ、少《すこ》しはこりて反省《はんせい》もできるだろうよ。」

ミンチン先生《せんせい》は、自分《じぶん》をじっと見《み》つめているセーラの目《め》に気《き》づいた。

「セーラ。なぜ、わたしをそんな目《め》で見《み》るんです。」

セーラは静《しず》かに口《くち》を開《ひら》いた。

「考《かんが》えていたんです。わたしが今夜《こんや》、こうしていることをお父《とう》さまが知《し》ったらなんとおっしゃるかしら、と。」

「なんて生意気《なまいき》な！　いくらでも好《す》きなだけ考《かんが》えていればいい！」

ミンチン先生《せんせい》はセーラの体《からだ》をつかむとはげしくゆさぶった。そして、アーメンガードの手《て》を引《ひ》っぱるようにして、部屋《へや》を出《で》ていった。

（魔法《まほう》は全部《ぜんぶ》消《き》えてしまった。）

セーラは、テーブルの上《うえ》に残《のこ》ったハ

ンカチをながめた。それはもう金《きん》のお皿《さら》でも、ごうかなししゅうのナプキンでもなく、ただの古《ふる》いハンカチだった。

（晩《ばん》さん会《かい》の大広間《おおひろま》から、囚人《しゅうじん》のろうやにもどってしまったわね。）

セーラは、かたいベッドに横《よこ》になって目《め》をとじた。今《いま》になって、またすさまじくおなかがへってきたが、どうしようもない。

（想像《そうぞう》するのよ。だんろでは、まきがパチパチ燃《も》えて赤《あか》いほのおがゆらめいている。テーブルの上《うえ》には、あたたかい食事《しょくじ》がならんでいるところを。）

だれもいなくなった部屋《へや》はいっそう寒《さむ》く感《かん》じられ、セーラは身《み》ぶるいしながらうすっぺらいふとんにくるまった。

（それから、このベッドは大《おお》きくてやわらかくて。羽根《はね》まくらがたくさんつんであって、毛布《もうふ》はふかふかなのよ……。）

一日《いちにち》のつかれがどっとおしよせ、やがてセーラはねむりのなかに落《お》ちていった。

第《だい》9章《しょう》 夢《ゆめ》のような出《で》来《き》事《ごと》

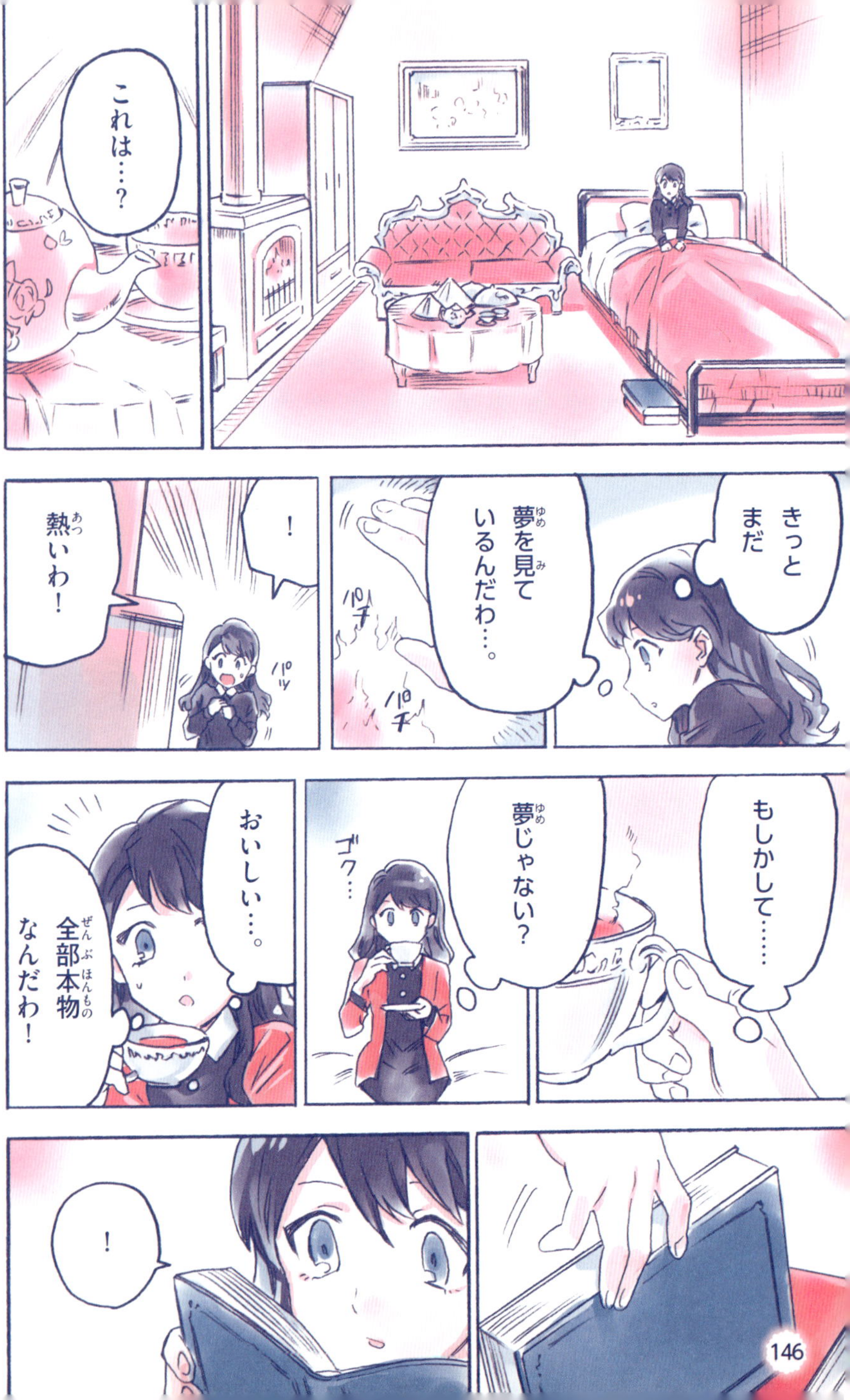
これは…?
きっとまだ
夢《ゆめ》を見《み》ているんだわ…。
パチ
パチ
!
パッ
熱《あつ》いわ!
もしかして……
夢《ゆめ》じゃない?
ゴク…
おいしい…。
全部《ぜんぶ》本物《ほんもの》なんだわ!
!

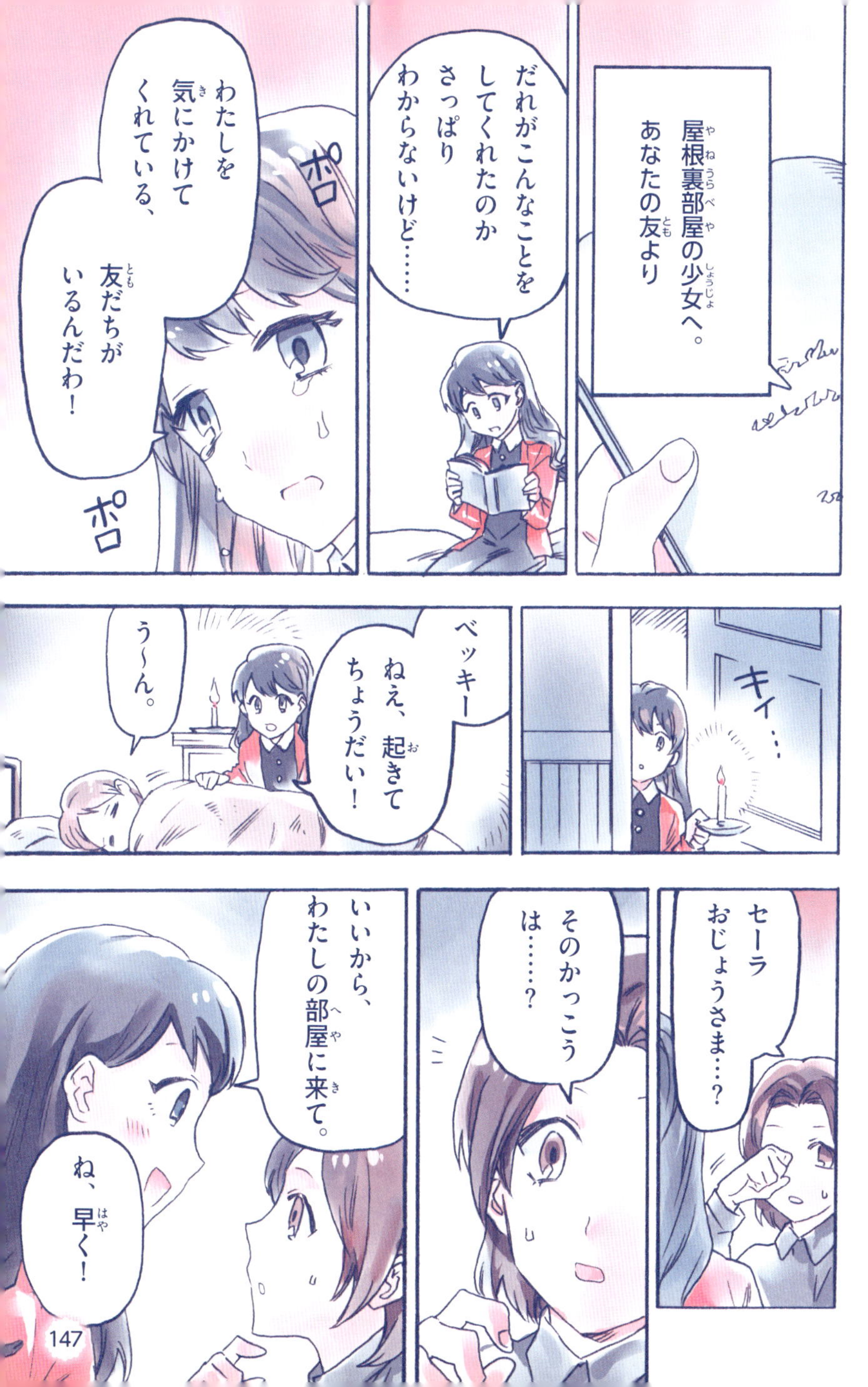
屋根裏部屋《やねうらべや》の少女《しょうじょ》へ。
あなたの友《とも》より
だれがこんなことをしてくれたのかさっぱりわからないけど……
ポロ
わたしを気《き》にかけてくれている、
友《とも》だちがいるんだわ！
ポロ
キィ…
ベッキーねえ、起《お》きてちょうだい！
う～ん。
セーラおじょうさま…？
そのかっこうは……？
いいから、わたしの部屋《へや》に来《き》て。
ね、早《はや》く！

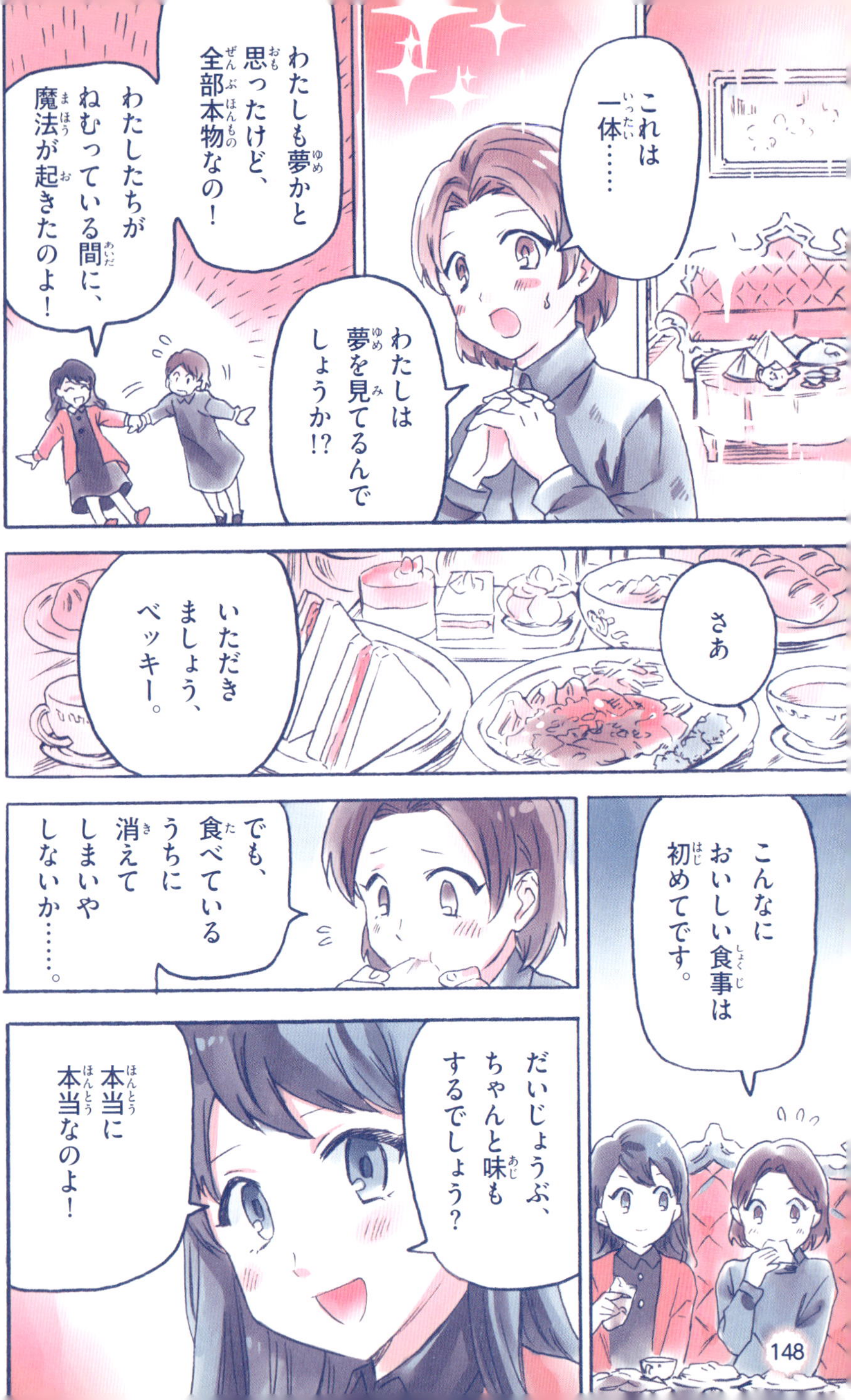
これは一体《いったい》……
わたしは夢《ゆめ》を見《み》てるんでしょうか!?
わたしも夢《ゆめ》かと思《おも》ったけど、全部本物《ぜんぶほんもの》なの!
わたしたちがねむっている間《あいだ》に、魔法《まほう》が起《お》きたのよ!
さあ
いただきましょう、ベッキー。
こんなにおいしい食事《しょくじ》は初《はじ》めてです。
でも、食《た》べているうちに消《き》えてしまいやしないか……。
だいじょうぶ、ちゃんと味《あじ》もするでしょう?
本当《ほんとう》に本当《ほんとう》なのよ!

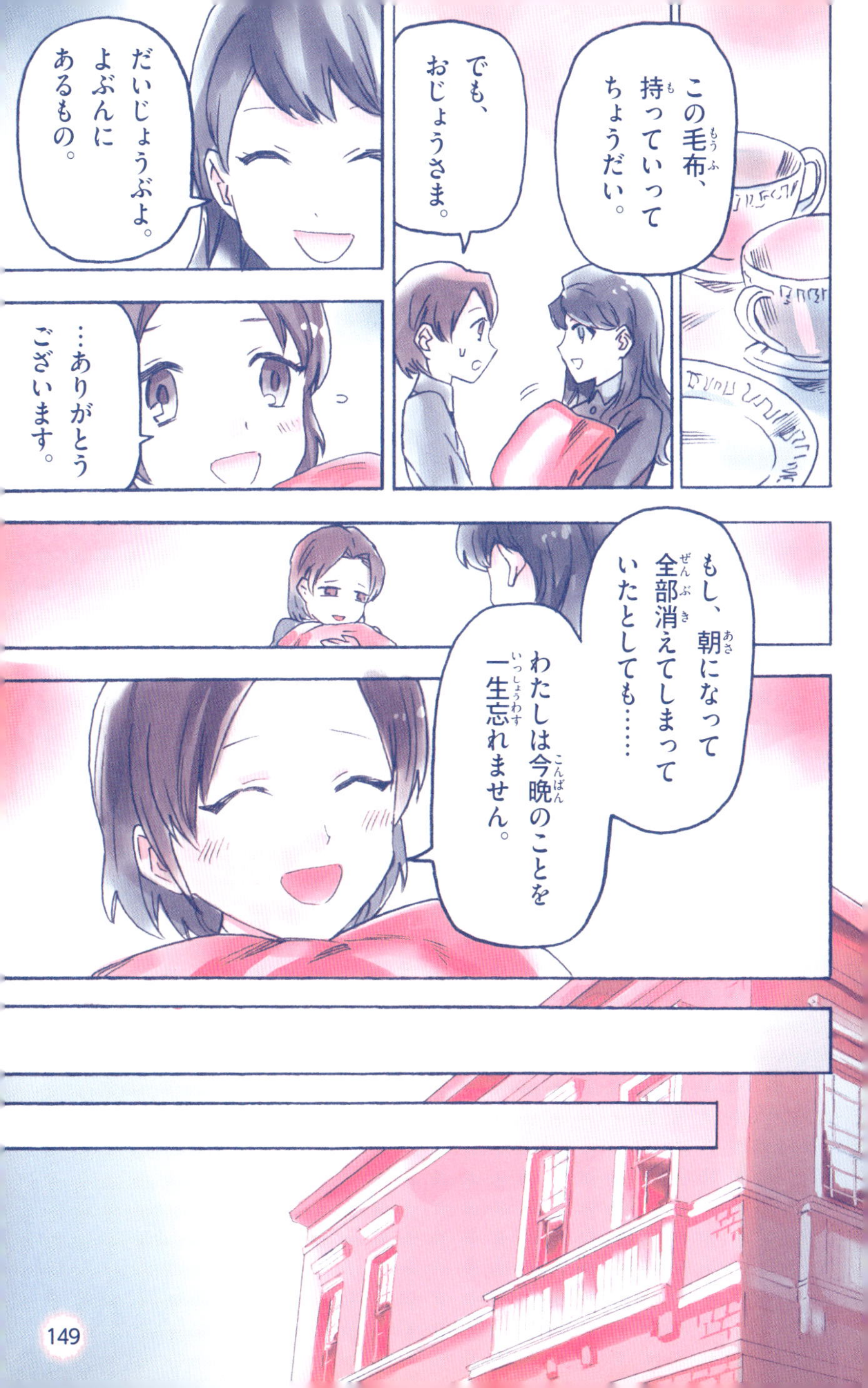

この毛布《もうふ》、持《も》っていってちょうだい。

でも、おじょうさま。

だいじょうぶよ。よぶんにあるもの。

…ありがとうございます。

もし、朝《あさ》になって全部消《ぜんぶき》えてしまっていたとしても……わたしは今晩《こんばん》のことを一生忘《いっしょうわす》れません。

おはようございます。
ひそ…
消《き》えてなかったわ。
わたしもです、起《お》きても毛布《もうふ》はありました。
すてきなプレゼントをくれただれかさん……あなたのやさしさに感謝《かんしゃ》します。
何《なに》があっても、弱音《よわね》ははかないわ。
……というわけで、
アーメンガードがセーラとベッキーに食《た》べ物《もの》を分《わ》けようとしてたところを、
ミンチン先生《せんせい》に見《み》つかったってわけ。

屋根裏部屋《やねうらべや》で、使用人《しようにん》なんかとコソコソ食《た》べるなんて
品《ひん》がないわよね。
フン
じゃあ、結局《けっきょく》セーラは何《なに》も食《た》べられなかったの？
昨日《きのう》もお昼《ひる》ごはんぬきだったんでしょ？
そんなの知《し》るもんですか。
強《つよ》がりのセーラにはいい薬《くすり》よ。
さあ、フランス語《ご》の授業《じゅぎょう》を始《はじ》めますよ。
小《ちい》さい子《こ》のグループは、セーラのほうに集《あつ》まりなさい。
!?

あの子《こ》ったら……
さすがに
へこんでいるだろうと
思《おも》ったのに、
なんて元気《げんき》そうな
顔《かお》をしているの!?
今日《きょう》も
一日《いちにち》食事《しょくじ》ぬき
だっていうのに。
…。
ヒソヒソ
ごちそうを
食《た》べた想像《そうぞう》でも
してるんじゃ
ないかしら。
ああ、
いそがしかった。
でも、昨日《きのう》の晩《ばん》
たっぷり食《た》べたから、
なんとか一日《いちにち》、
乗《の》り切《き》れたわ。
食事《しょくじ》ぬきのばつも
今日《きょう》で終《お》わりだし……。
……。

カチャ
そっ・・・
またたわ!!
まるで
おとぎ話《ばなし》だわ!
昨日《きのう》まで、いつも寒《さむ》くて
おなかをすかせていたセーラと、
今《いま》のわたしは同《おな》じ人物《じんぶつ》なのかしら!?
さっ
コン
コン

カチャ
失礼《しつれい》します。おじょうさま。
見《み》て、ベッキー。
！
ああ、神《かみ》さま！
本当《ほんとう》に、こんなものはどこからやって来《く》るんでしょうか。
今《いま》は考《かんが》えないことにしましょう。
もちろんお礼《れい》を言《い》いたい気持《きも》ちはあるけど……。

わからないほうが すてきでもあるわ。
それから 毎日《まいにち》「魔法《まほう》」は 続《つづ》く。
セーラが部屋《へや》に 帰《かえ》るたびに
品々《しなじな》が 増《ふ》えていき
夜《よる》には必《かなら》ず 次《つぎ》の朝《あさ》の分《ふん》まで
もつくらいのごちそうが テーブルにならんだ。
あら？
あそこに いるの セーラ じゃない？

あんな汚《きたな》いぼろを着《き》ていて、よくはずかしくないわね。
でも何《なん》だか、
いきいきとしているわ。
…。
セーラは最近《さいきん》、
ずいぶん元気《げんき》そうじゃない？
ええ…
何《なん》だか前《まえ》より
血色《けっしょく》もいいような気《き》がしますよ。

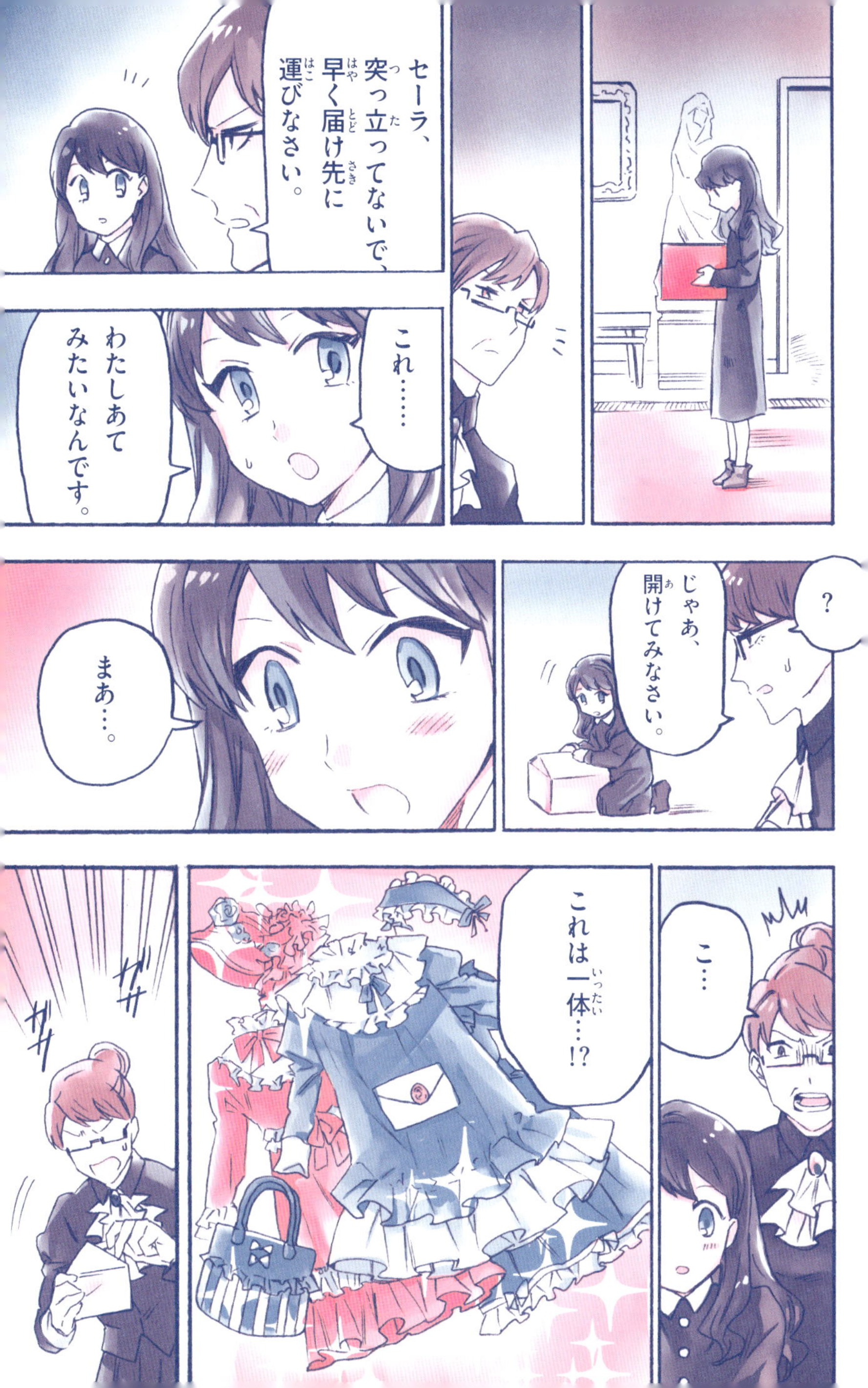
セーラ、突《つ》っ立《た》ってないで、早《はや》く届《とど》け先《さき》に運《はこ》びなさい。
これ……
わたしあてみたいなんです。
？
じゃあ、開《あ》けてみなさい。
まあ…。
こ…
これは一体《いったい》…!?
ガサ
ガサ

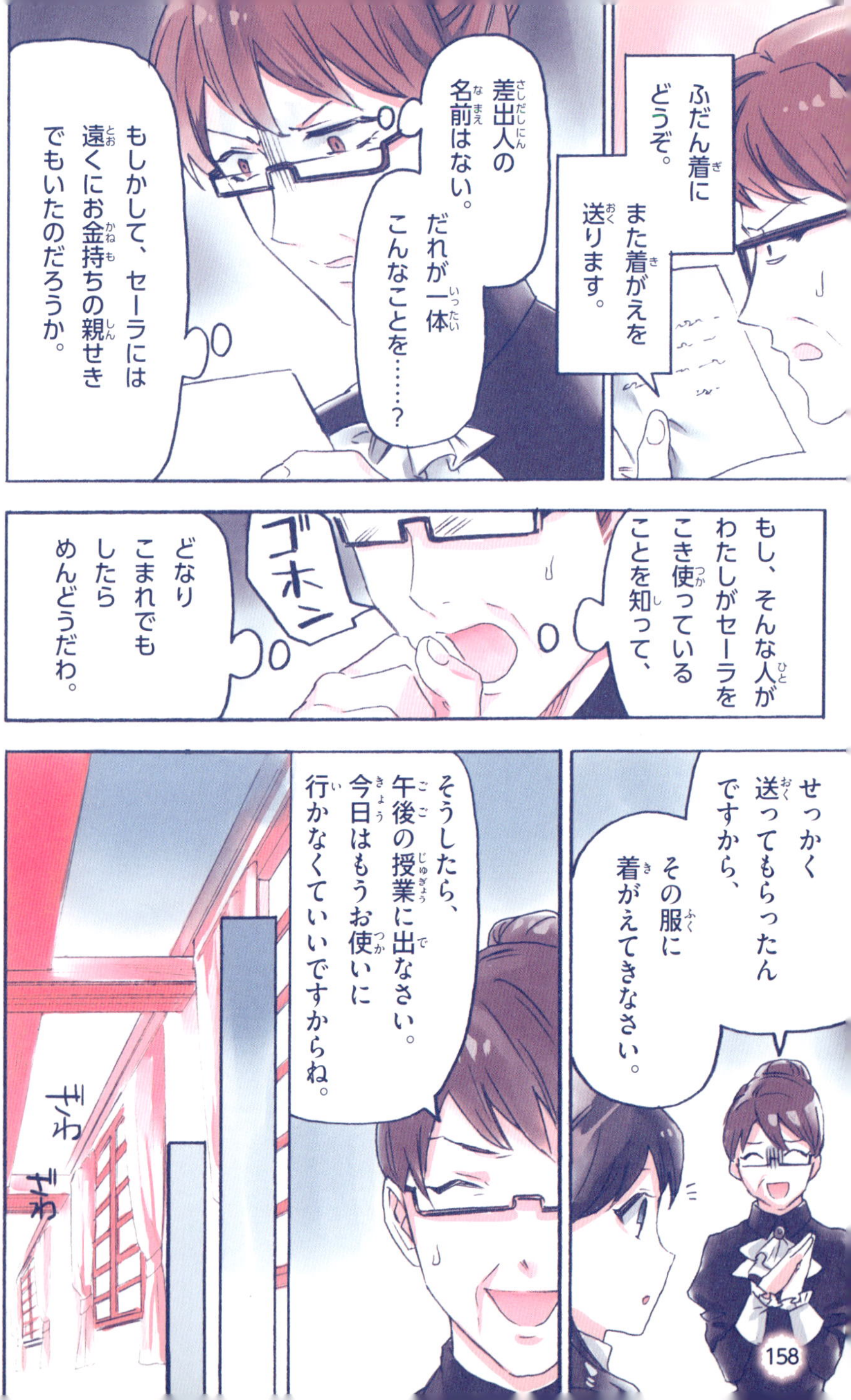
ふだん着《ぎ》にどうぞ。
また着《き》がえを送《おく》ります。
差出人《さしだしにん》の名前《なまえ》はない。
だれが一体《いったい》こんなことを……?
もしかして、セーラには遠《とお》くにお金持《かねも》ちの親《しん》せきでもいたのだろうか。
もし、そんな人《ひと》がわたしがセーラをこき使《つか》っていることを知《し》って、
ゴホン
どなりこまれでもしたらめんどうだわ。
せっかく送《おく》ってもらったんですから、
その服《ふく》に着《き》がえてきなさい。
そうしたら、午後《ごご》の授業《じゅぎょう》に出《で》なさい。今日《きょう》はもうお使《つか》いに行《い》かなくていいですからね。
ざわ
ざわ

プリンセス・セーラだわ!
……。
何《なに》が起《お》こったのかしら?
またダイヤモンド鉱山《こうざん》が見《み》つかったのかもね。
あんたたち、そんなふうに注目《ちゅうもく》して、セーラをうれしがらせることないわよ!
あなたはご自分《じぶん》の正体《しょうたい》を秘密《ひみつ》にしておきたいとお考《かんが》えかもしれません。
ですが、
おとぎ話《ばなし》のようなすてきな方法《ほうほう》で、親切《しんせつ》にしていただいたことに、
感謝《かんしゃ》の気持《きも》ちをお伝《つた》えしたくて、この手紙《てがみ》を書《か》いています……。

じゃあ、手紙《てがみ》はちゃんと持《も》っていってくれたんですね。
ええ、魔法《まほう》の主《ぬし》に気持《きも》ちを伝《つた》えることができてよかったわ。
コン コン
天窓《てんまど》に、何《なに》かいるみたいですよ。
あらまあ。
こっちにおいで、おサルさん。
なかに入《い》れてあげるんですか？
ひょい
だって、外《そと》は寒《さむ》すぎるもの。
きっと、ぬけ出《だ》してもどれなくなってしまったのよ。
明日《あした》、おとなりに返《かえ》しに行《い》くわ。

第《だい》10章《しょう》 本物《ほんもの》のプリンセス

ついに見《み》つかった！

その日《ひ》、カーマイケルは朝一番《あさいちばん》でカリスフォードの家《いえ》を訪《たず》ね、報告《ほうこく》をしていた。

「というわけで……パリの学校《がっこう》は調《しら》べつくしましたが、クルー大尉《たいい》のおじょうさまは見《み》つかりませんでした。ここはひとつ、このロンドンを調《しら》べてみてはどうでしょう。」

カリスフォードは深々《ふかぶか》とうなずいた。

「わかった。ロンドンにも学校《がっこう》はたくさんある。うちのとなりも学校《がっこう》だし……。」

「では、手近《てぢか》なところでミンチン女子学院《じょしがくいん》から始《はじ》めますか。」

そのとき、応接間《おうせつま》の入《い》り口《ぐち》にラム・ダスが姿《すがた》を現《あらわ》した。

「ご主人《しゅじん》さま。となりの少女《しょうじょ》が訪《たず》ねておいでですが、お会《あ》いになりませんか。あの子《こ》の屋根裏《やねうら》部屋《べや》にサルがしのびこんだのをつかまえて、連《つ》れてきてくれたのです。」

「えっ、あの子《こ》が？　よし、連《つ》れてきてくれ。」

「ミンチン女子学院《じょしがくいん》に知《し》っている子《こ》がいるんですか？」

カーマイケルは意外《いがい》そうにたずねた。

「うん。知《し》っているといえば知《し》っているが……実《じつ》は会《あ》うのは初《はじ》めてなんだ。」

そこへ、両《りょう》うでにサルをかかえたセーラが入《はい》ってきた。

「昨日《きのう》の夜《よる》、わたしの部屋《へや》に入《はい》ってきたんです。もっと早《はや》くお返《かえ》ししたかったのですが、ご病気《びょうき》だと知《し》っておりましたのであまり早《はや》くお訪《たず》ねしてはごめいわくだと思《おも》ったのです。」

カリスフォードは、セーラをやさしく見《み》つめた。

（なるほど。ラム・ダスが言《い》っていた通《とお》り、かわいらしくりこうそうな子《こ》だ。）

「ご親切《しんせつ》に。気《き》をつかってくれてありがとう。」

セーラは、部屋《へや》のすみにいるラム・ダスをふり返《かえ》った。

「このおサルさん、インドのラスカー（召使《めしつか》い）さんにおわたししましょうか。」

セーラの言葉《ことば》に、カリスフォードは首《くび》をかしげた。

「どうして彼《かれ》が『ラスカー』だとわかったのかね？」

「だって、わたし、インドで生《う》まれたんですもの。」

カリスフォードの目《め》の色《いろ》が変《か》わった。

「もっと近《ちか》くにいらっしゃい。あなたは、となりの学校《がっこう》に住《す》んでいるんだね？」

「はい。以前《いぜん》は生徒《せいと》でしたが、今《いま》は下働《したばたら》きをしています。」

セーラは聞《き》かれるままに、自分《じぶん》の話《はなし》をした。お父《とう》さまと初《はじ》めて学院《がくいん》に来《き》た日《ひ》のこと、お父《とう》さまが友《とも》だちにさそわれて始《はじ》めたダイヤモンド鉱山《こうざん》の仕事《しごと》がきっかけで破《は》産《さん》した上《うえ》に、病気《びょうき》でなくなったこと。

「では……あなたのお父《とう》さんはなんていう名前《なまえ》かね？」

ふるえ声《ごえ》で、カリスフォードは最後《さいご》の質問《しつもん》をした。

「ラルフ・クルーです。」

セーラが答《こた》えた瞬間《しゅんかん》、カリスフォードは感《かん》きわまったように大声《おおごえ》をあげた。

「ああ、見《み》つけたよ。わたしが探《さが》していたのはこの子《こ》だ！」

「わたしが……どうかしましたか？」

セーラがおずおずとたずねると、カリスフォードはしぼり出《だ》すように言《い》ったのだ。

「わたしが、あなたのお父《とう》さんの友《とも》だちなんだ。」

興奮《こうふん》のあまり、具合《ぐあい》が悪《わる》くなったカリスフォードの代《か》わりに、カーマイケルのおくさん――つまり「大家《だいか》族《ぞく》」のお母《かあ》さんがセーラに説明《せつめい》をしてくれた。

「カリスフォードさんは、あなたのお父《とう》さまをだましたわけではないんですよ。ダイヤモンド鉱山《こうざん》の事業《じぎょう》でなくなったと思《おも》ったお金《かね》は、無事《ぶじ》もどってきたんです。でも、あなたのお父《とう》さまと同《おな》じように、カリスフォードさんも重《おも》い病気《びょうき》にかかっていました。少《すこ》しよくなってから、ずっとあなたを探《さが》し続《つづ》けていたんですよ。」

セーラは、初《はじ》めはぼうぜんとして口《くち》もきけずにいた。

「それに……不思議《ふしぎ》なことだけど、カリスフォードさんはあなたがクルー大尉《たいい》のむすめさんだとは知《し》らないままに、屋根裏部屋《やねうらべや》でさびしい生活《せいかつ》を送《おく》っているあなたをかわいそうに思《おも》って、何《なに》かしてあげたいと思《おも》っていたんです。それで、ラスカーにたのんで、あなたの部屋《へや》にいろいろなおくり物《もの》を届《とど》けたんですよ。」

これを聞《き》いたセーラはおどろいて、飛《と》び上《あ》がった。

「魔法《まほう》を起《お》こしてくれたのは……あの方《かた》だったの？　あの方《かた》が、ラム・ダスさんに運《はこ》ばせてくださったの!?」

そのとき、カリスフォードがおくの部屋《へや》から出《で》てきた。セーラは、カリスフォードにかけよった。セーラのひとみは感動《かんどう》してキラキラとかがやいていた。

「あなただったんですね。いつもすてきなおくり物《もの》をしてくださっていたのは！」

「そうだよ。」

このとき、二人《ふたり》の心《こころ》はしっかりと結《むす》ばれたのだ。セーラは、カリスフォードは世《せ》界一大好《かいいちだいす》きなお父《とう》さまと同《おな》じ種類《しゅるい》の人《ひと》なのだと確信《かくしん》していた。カリスフォードは親《しん》友《ゆう》ののこした少女《しょうじょ》を、しっかりとだきしめたい気持《きも》ちでいっぱいだった。

プリンセス・セーラの心《こころ》のうち

ミンチン先生《せんせい》がカリスフォード家《け》の門《もん》をくぐったのは、それからしばらくしてからだ。使用人《しようにん》に、となりの家《いえ》に入《はい》っていくセーラを見《み》たと聞《き》いてやって来《き》たのだ。(まったくあの生意気《なまいき》な子《こ》ときたら、何《なに》をでしゃばっているんだろう。)

ところが、ミンチン先生《せんせい》は、カリスフォードから信《しん》じられないような話《はなし》を聞《き》かされ、あぜんとしてしまった。カリスフォードはセーラといっしょに暮《く》らすことにし、学院《がくいん》には返《かえ》さないと言《い》う。だが、ミンチン先生《せんせい》もただではひきさがらなかった。

「お言葉《ことば》ですが……、この子《こ》のことはずっとわたしがめんどうをみていたのです。クルー大尉《たいい》はわが学院《がくいん》にセーラをあずけたのですから、学校《がっこう》を卒業《そつぎょう》する年令《ねんれい》まではうちにいるべきではないでしょうか。」

そこで、カーマイケルが口《くち》をはさんだ。

「弁護士《べんごし》として意見《いけん》を言《い》わせていただくと、法律上《ほうりつじょう》、それが正《ただ》しいとは言《い》えませんね。もし、セーラがこれまで通《どお》り学院《がくいん》で暮《く》らしたいと望《のぞ》むなら別《べつ》ですが。」

カーマイケルは、セーラの顔《かお》をのぞきこんだ。するとセーラは、ミンチン先生《せんせい》の大《だい》きらいな、あの大人《おとな》びた表情《ひょうじょう》で言《い》ったのだ。

「わたしは学院《がくいん》にはもどりません。その理由《りゆう》はミンチン先生《せんせい》もご存知《ぞんじ》でしょう。」

ミンチン先生《せんせい》は頭《あたま》にカッと血《ち》がのぼり、腹《はら》いせにこんなことを言《い》った。

「ああ、そうですか。それならそれでけっこう。ただし、アーメンガードにもロッティにも会《あ》わせませんからね。」

「いいえ、あなたにお友《とも》だちがこの家《いえ》に遊《あそ》びに来《く》るのを禁止《きんし》する権利《けんり》はありません。」

カーマイケルの言葉《ことば》に、ミンチン先生《せんせい》はくやしそうにくちびるをかみしめた。

「セーラ。あなたはまたプリンセスになった気分《きぶん》でいるんでしょうね。」

セーラは少《すこ》しうつむいて、そしてひかえめな調子《ちょうし》で言《い》った。

「わたしは、これまでどんなときでも……寒《さむ》くておなかをすかせているときでも、いつもプリンセスでいようと思《おも》っていました。どんなときでも、です。」


その夜《よる》は、学院《がくいん》の生徒《せいと》たちはセーラの身《み》に起《お》こった事件《じけん》の話《はなし》でもちきりになった。

みんなにセーラの話《はなし》をしたのは、アーメンガードだ。

「さっき、セーラから手紙《てがみ》が来《き》たの。今話《いまはな》したことは、みんなここに書《か》いてあることよ。ね、セーラは本物《ほんもの》のプリンセスになったのよ。」

アーメンガードは幸《しあわ》せな笑顔《えがお》をうかべて言《い》った。

「ダイヤモンド鉱山《こうざん》は本当《ほんとう》にあったのね。」

「アーメンガード、あなたはとなりに招待《しょうたい》されてるんでしょ。また話《はなし》を聞《き》かせて。」

「さあ、アーメンガード。もう一回《いっかい》手紙《てがみ》を読《よ》んでちょうだいよ。」

みんなはアーメンガードを取《と》りかこんで、いつまでもおしゃべりを続《つづ》けた。今日《きょう》ばかりはミンチン先生《せんせい》もまいってしまって、生徒《せいと》たちをどなりにやって来《く》ることはなかった。


この話《はなし》はベッキーの耳《みみ》にも届《とど》いていた。いつもより早《はや》く仕事《しごと》から解放《かいほう》されたベッキーは、静《しず》かに屋根裏部屋《やねうらべや》への階段《かいだん》をのぼっていた。

(セーラおじょうさまが幸《しあわ》せになられて、本当《ほんとう》によかった。)

本心《ほんしん》から喜《よろこ》んでいたけれど、もうとなりの部屋《へや》にセーラがいないと思《おも》うと、心《こころ》にぽっかりと穴《あな》が空《あ》いたようだった。

(でも、わたしはもともとただの下働《したばたら》きのベッキーなんだ。セーラおじょうさまと知《し》り合《あ》う前《まえ》の毎日《まいにち》にもどるだけ。でも、もう一度《いちど》だけ、あの魔法《まほう》の部屋《へや》を見《み》ておきたい。今夜《こんや》が最後《さいご》のチャンスだもの。)

ベッキーがセーラのものだった部屋《へや》のとびらを開《あ》けた。すると……そこには、ラム・ダスがにこにこと笑《わら》って立《た》っていたのだ。

「セーラさまはあなたを忘《わす》れてはいませんよ。これはセーラさまからの手紙《てがみ》です。」

ラム・ダスはふうとうをベッキーにわたすと、続《つづ》けておどろくべきことを告《つ》げた。

「明日《あした》、うちにいらしてください。ぜひ、セーラさまの付《つ》き人《びと》になってほしいのです。ご主人《しゅじん》さまもセーラさまも、そう望《のぞ》んでいらっしゃいますので。わたしは今夜《こんや》中《じゅう》に、ここにあるものを全部《ぜんぶ》運《はこ》び出《だ》します。」

そう言《い》うと、ラム・ダスはおじぎをし、窓《まど》から屋根《やね》にひらりとまいおりた。

(今《いま》まで、あの方《かた》が「魔法《まほう》」を運《はこ》んでくれていたのね。)

ベッキーはふうとうをにぎりしめたまま、しばらく夢見《ゆめみ》るような気持《きも》ちで立《た》ちつくしていた。

セーラと暮《く》らすようになってからカリスフォードの病気《びょうき》はみるみるうちによくなった。セーラとカリスフォードは自分《じぶん》のこと、考《かんが》えていることや好《す》きなものにつ

いてたくさん話《はな》した。二人《ふたり》はとても気《き》が合《あ》って、本物《ほんもの》の親子《おやこ》のようだった。アーメンガードもロッティも遊《あそ》びに来《き》たし、セーラはあの「大家族《だいかぞく》」の子《こ》どもたちとも仲《なか》よくなって幸《しあわ》せな日々《ひび》を送《おく》っていた。

ある日《ひ》、セーラはカリスフォードにこんなことを話《はな》した。

「あの……わたしはお金《かね》をたくさん持《も》っているんでしょう？　その使《つか》いみちについて、相談《そうだん》したいんですけど。」

セーラは、あの雨《あめ》の日《ひ》に、パン屋《や》の外《そと》にすわりこんでいた少女《しょうじょ》の話《はなし》をした。

「パン屋《や》のおかみさんに会《あ》って、あんなふうにおなかをすかせた子《こ》がいたら好《す》きなだけパンを食《た》べさせてほしい、ってお願《ねが》いしたいんです。そのお金《かね》はわたしがはらうという条件《じょうけん》で……どうでしょうか。」

「とてもいい考《かんが》えだね。すぐにそのパン屋《や》に行《い》くことにしよう。」

カリスフォードは、正《ただ》しい決断《けつだん》をしたセーラの頭《あたま》をやさしくそっとなでた。

次《つぎ》の日《ひ》の朝《あさ》、カリスフォードとセーラは、馬車《ばしゃ》でパン屋《や》に出《で》かけた。

おかみさんは、セーラのことを覚《おぼ》えていた。そして、セーラの計画《けいかく》を聞《き》くと、にこにこと笑《わら》ってうなずいた。

「ええ、喜《よろこ》んでそうさせてもらうよ。あたしもね、おなかをすかせている子《こ》がいたら、できるかぎりパンをあげるようにしているんですよ。あの雨《あめ》の日《ひ》に、自分《じぶん》もひもじいのをがまんして、プリンセスのようにパンを分《わ》けてあげていたおじょうさんのまねをしたいと思《おも》ってね。」

「あれから、あの女《おんな》の子《こ》を見《み》かけましたか？」

セーラが不意《ふい》に心配《しんぱい》になって聞《き》くと、おかみさんはおくの部屋《へや》を指《ゆび》さした。

「実《じつ》は、あの子《こ》は一《いっ》か月前《げつまえ》からここで働《はたら》いているんだよ。おなかがすいたら来《く》るようにと言《い》って、ちょっとした手伝《てつだ》いをさせているうちに、気《き》に入《い》っちゃってね。それでうちに置《お》くことにしたんだよ。アン、こっちへおいで。」

おくの部屋《へや》から、あのときの少女《しょうじょ》がはずかしそうに出《で》てきた。

二人《ふたり》はしばらく見《み》つめ合《あ》っていた。セーラはアンの手《て》を取《と》って言《い》った。

「わたし、とてもうれしいわ。」

それから、セーラはまたいいことを思《おも》いついた。

「おかみさんはそのうちあなたに、まずしい子《こ》たちにパンをあげる役目《やくめ》をさせてくれると思《おも》うわ。おなかがすいてつらい気持《きも》ちをだれよりも知《し》っているんだから適役《てきやく》よ……ねぇ、やってみたくない？」

「ええ、おじょうさま。」

アンはほとんどしゃべらなかった。だが、セーラは、不思議《ふしぎ》とアンと心《こころ》が通《かよ》い合《あ》うように感《かん》じていた。

やがて、セーラとカリスフォードが乗《の》った馬車《ばしゃ》がパン屋《や》の前《まえ》を出発《しゅっぱつ》し、遠《とお》ざかっていくのをアンはずっと見送《みおく》っていた。あの、雨《あめ》の日《ひ》と同《おな》じように……。

ピーター・パンとウェンディ

もくじ

登《とう》場《じょう》人《じん》物《ぶつ》紹《しょう》介《かい》

この物語《ものがたり》の中心《ちゅうしん》となる登場人物《とうじょうじんぶつ》です。

ピーター・パン

ネバーランドに住《す》む年《とし》をとらない少年《しょうねん》。空《そら》を飛《と》んだり、妖精《ようせい》と話《はな》せたりする。

ティンカー・ベル

ピーター・パンのことが好《す》きな妖精《ようせい》。体《からだ》が小《ちい》さいので、一《ひと》つの感情《かんじょう》しか持《も》てない。やきもちやき。

ウェンディ

ダーリング家《け》の長女《ちょうじょ》。しっかり者《もの》。ネバーランドではお母《かあ》さん代《が》わりとなる。

物語《ものがたり》のカギとなる重要《じゅうよう》なシーンを紹介《しょうかい》します。

名《めい》場《ば》面《めん》集《しゅう》

『二《ふた》つ目《め》の角《かど》を右《みぎ》、
そして朝《あさ》までまっすぐ』

空《そら》を飛《と》んでネバーランドへ（第《だい》2章《しょう》）

ピーター・パンといっしょに、ウェンディたちは空《そら》を飛《と》んで人魚《にんぎょ》や海賊《かいぞく》がいるというネバーランドへ行《い》くことに!!

『われこそは、
ピーター・パン！』

フック船長《せんちょう》と決着《けっちゃく》を!（第《だい》5章《しょう》）

ひきょうなフック船《せん》長《ちょう》にとらえられたウェンディや子《こ》どもたちを救《すく》うため、ピーター・パンは最《さい》後《ご》の戦《たたか》いをいどむのです。

第《だい》1章《しょう》 夢《ゆめ》の島《しま》へ

はぁ
わかったわ、ウェンディ。
夢《ゆめ》のなかでピーターって子《こ》に会《あ》ったのね。
お母《かあ》さん、ナナは？
もうねているわ。
長男《ちょうなん》ジョン
スースー
次男《じなん》マイケル
お母《かあ》さん、おやすみなさい。
おやすみ、ウェンディ。
キイイ
はっ
フワッ
きゃあ！

この子《こ》がピーター…。
バッ
ひらーっ
ピシャン
バシッ
ギャンギャン
ナナ!?
びくっ
ばっ
大変《たいへん》！ ここ三階《さんかい》…。
しーん

ずる
ずるずる
ナナ
何《なに》を
くわえて…。
これ…
ピーターの
かげ？
!?
くる
くる
くる
ここにしまって
おきましょう。
パタン
キラリ
子《こ》どもたちは？
もう
ねむりました。
じゃあ、
パーティーへ
行《い》こう。
スー…
スー…

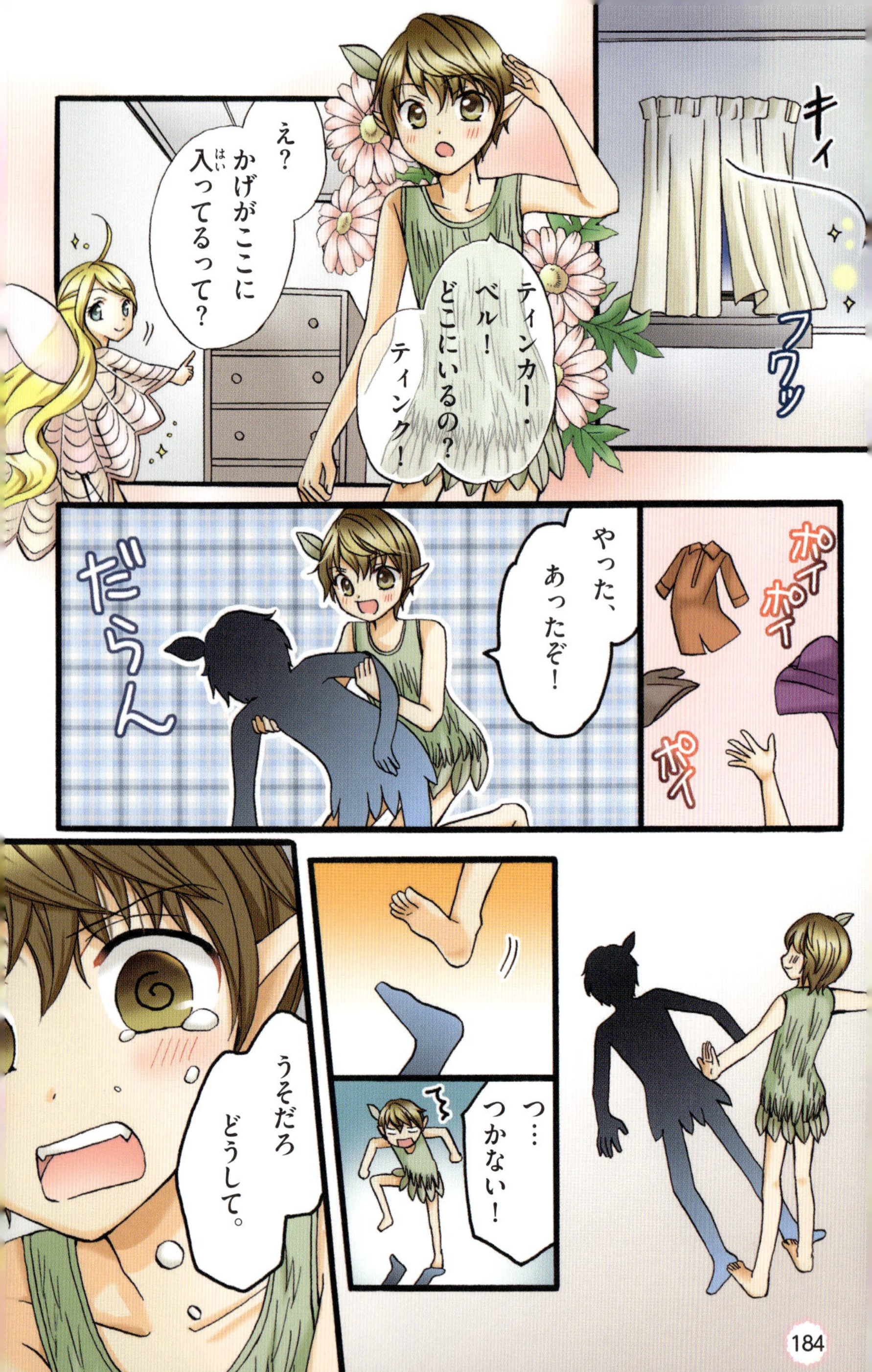
キィ
フワッ
ティンカー・ベル！　どこにいるの？　ティンク！
え？　かげがここに入《はい》ってるって？
ポイポイ
ポイ
やった、あったぞ！
だらん
つ…つかない！
うそだろ　どうして。

うわぁぁぁん!
…ん?
男《おとこ》の子《こ》?
ねえ、あなた どうして 泣《な》いているの?
ビクッ
ふき ふき
ペこり
ペニャ
きみの名前《なまえ》は?
ウェンディ・モイラ・アンジェラ・ダーリング。あなたは?
ピーター・パン。

どこに住《す》んでいるの?
二《ふた》つ目《め》の横町《よこちょう》を右《みぎ》に行《い》って、それから朝《あさ》までまっすぐ行《い》ったところ。
そうじゃなくて、住所《じゅうしょ》よ。お手紙《てがみ》に書《か》く。
手紙《てがみ》なんて来《こ》ないよ。
あなたに来《こ》なくても、お母《かあ》さまに来《く》るでしょう?
来《こ》ないよ。お母《かあ》さんなんていないもの。
まあ!それで泣《な》いていたのね。
ちがわい!ぼくが泣《な》いていたのは、かげがくっつかなくなっちゃったからだよ。
だらり
こまったわね…。
そうだ!ぬいつけたらどうかしら。

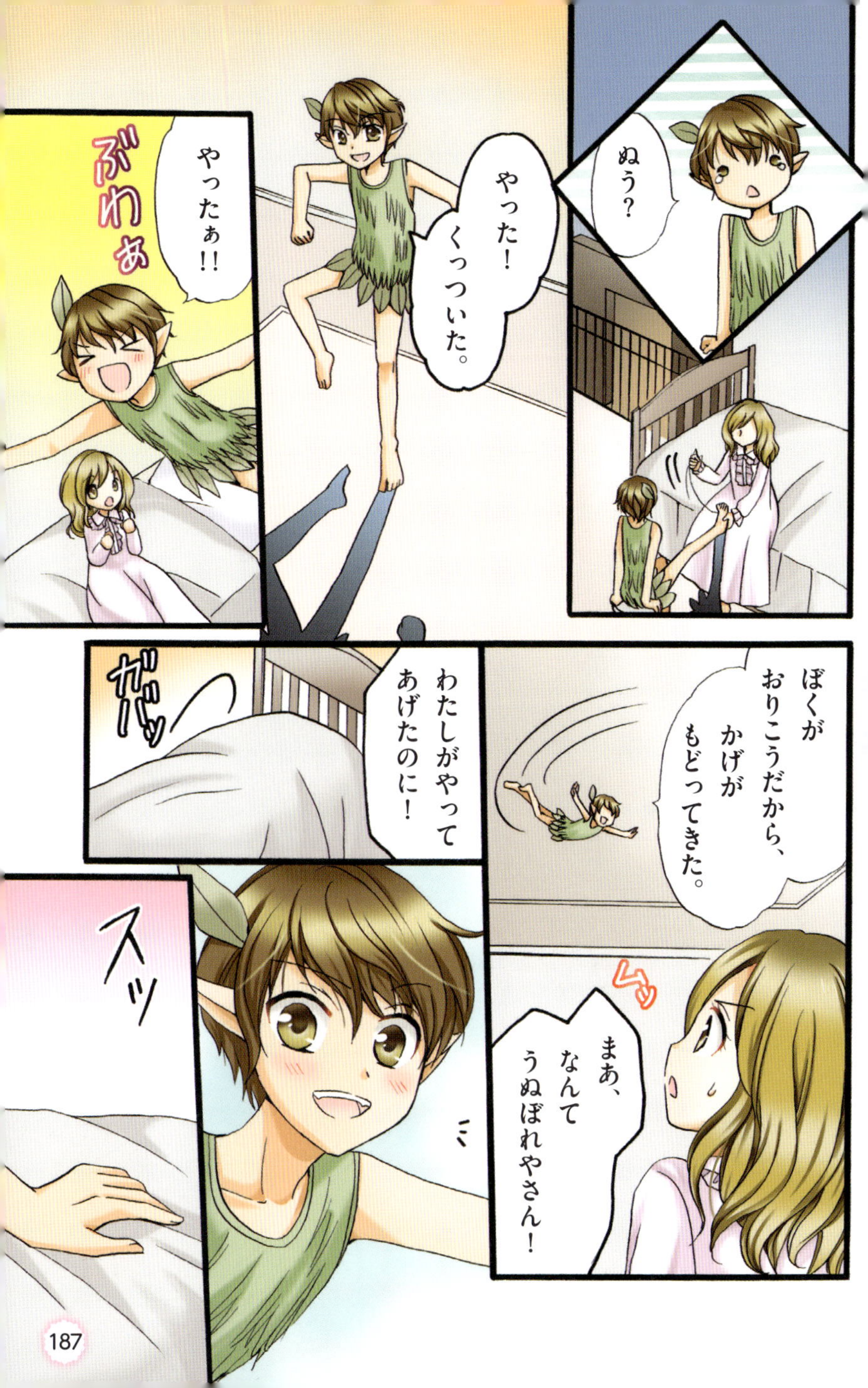
ぬう?
やった!
くっついた。
ぶわぁ
やったぁ!!
ぼくが
おりこうだから、
かげが
もどってきた。
ガバッ
わたしがやって
あげたのに!
ムッ
まあ、
なんて
うぬぼれやさん!
スッ

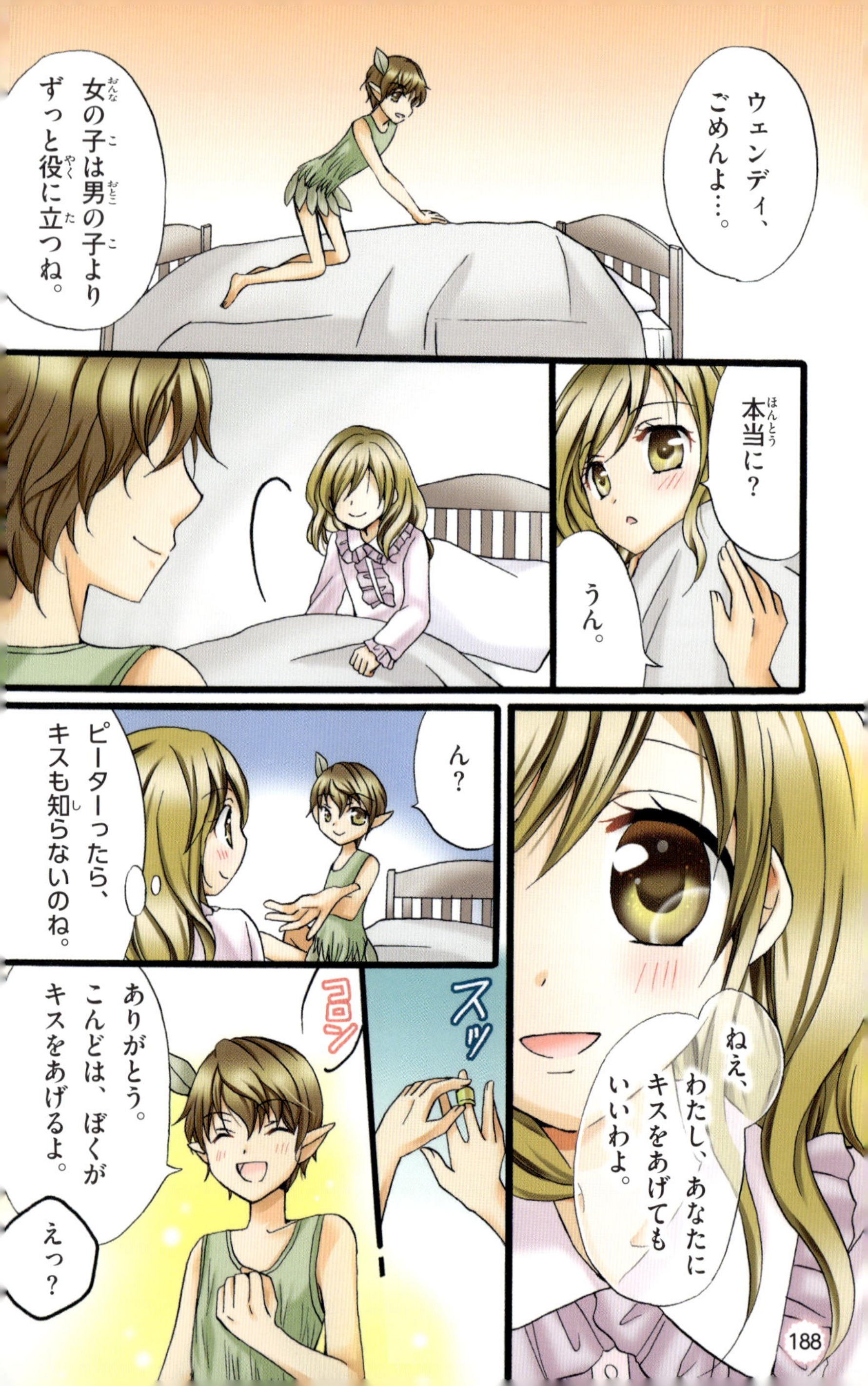

ウェンディ、ごめんよ…。
女《おんな》の子《こ》は男《おとこ》の子《こ》よりずっと役《やく》に立《た》つね。
本当《ほんとう》に?
うん。
ねえ、わたし、あなたにキスをあげてもいいわよ。
ん?
ピーターったら、キスも知《し》らないのね。
スッ
コロン
ありがとう。こんどは、ぼくがキスをあげるよ。
えっ?

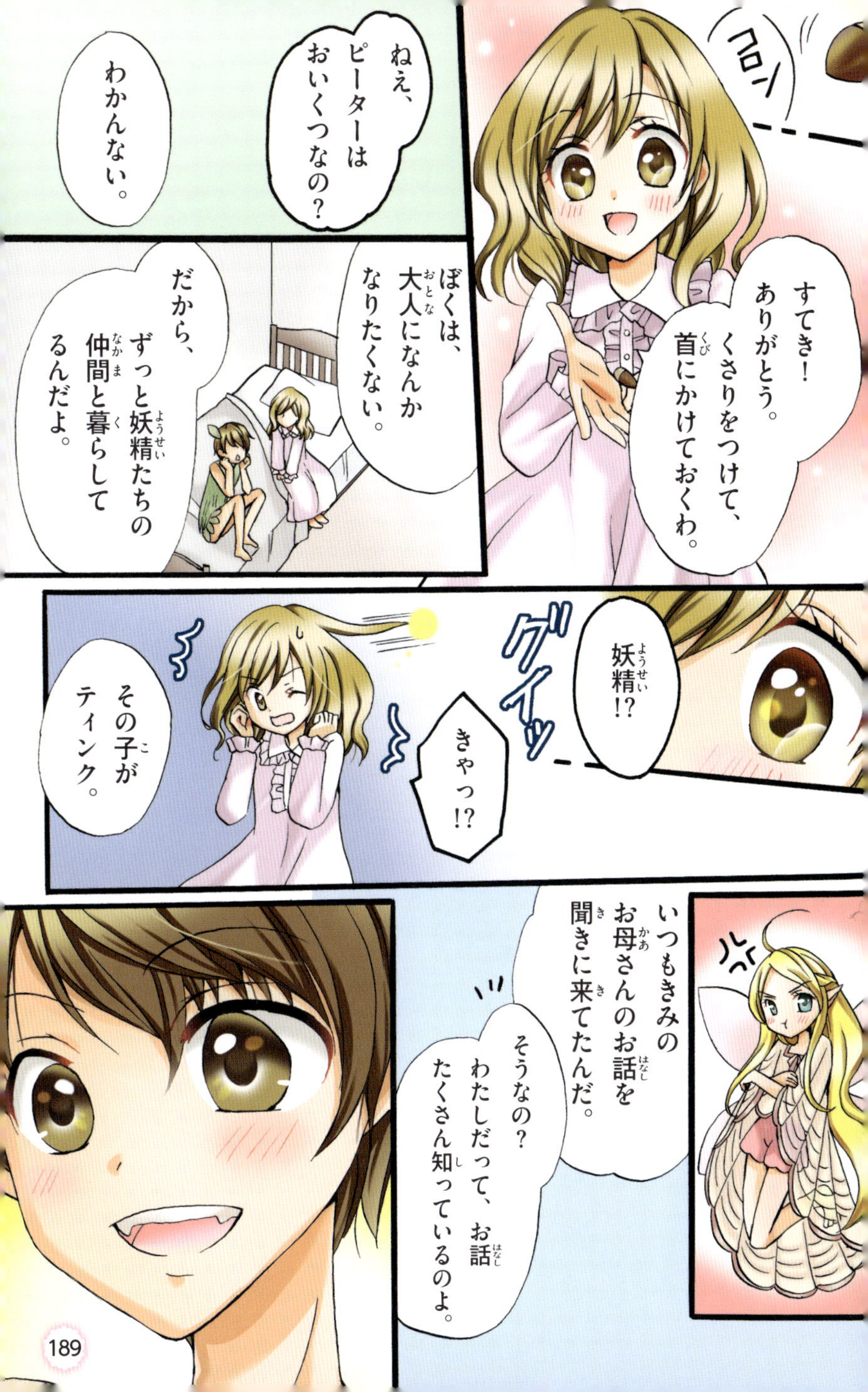
コロン
すてき!　ありがとう。くさりをつけて、首《くび》にかけておくわ。
ねえ、ピーターはおいくつなの?
わかんない。
ぼくは、大人《おとな》になんかなりたくない。
だから、ずっと妖精《ようせい》たちの仲間《なかま》と暮《く》らしてるんだよ。
妖精《ようせい》!?
グイッ
きゃっ!?
その子《こ》がティンク。
いつもきみのお母《かあ》さんのお話《はなし》を聞《き》きに来《き》てたんだ。
そうなの?　わたしだって、お話《はなし》たくさん知《し》っているのよ。

ウェンディ、ぼくといっしょに行《い》こうよ！
ぼくや、ほかの子《こ》たちにお話《はなし》を聞《き》かせてあげて。
ドキン
だめよ。お母《かあ》さんが悲《かな》しむわ。それに、わたし空《そら》を飛《と》べないし。
だいじょうぶ。教《おし》えるよ。
お話《はなし》をしてって言《い》われるのも、空《そら》を飛《と》べるのもうれしいけど……。
でも……。
ウェンディ、ぼくらのところには、人魚《にんぎょ》もいるよ。
人魚《にんぎょ》ですって！
なんておもしろそう！ジョンやマイケルにも飛《と》び方《かた》教《おし》えてくれる？
きみがそうのぞむなら。
ジョン、マイケル起《お》きて！

ふっ
シャラ
シャララ
妖精《ようせい》の粉《こな》をふりかけて…
わあ。
かたを軽《かる》くゆらして…
そして、飛《と》べ！
ブワッ
!?
うわぁぁ!!

早《はや》く行《い》こうよ。
でも、やっぱり…。
人魚《にんぎょ》がいるよ。それから海賊《かいぞく》もね。
ハァハァ
海賊《かいぞく》!?
行《い》こう、今《いま》すぐ！
!?
ダダダッ
ウェンディ！ジョン！マイケル！
バンッ

第《だい》2章《しょう》 六人《ろく》《にん》のまいごとウェンディお母《かあ》さん

空《そら》の旅《たび》

「二《ふた》つ目《め》の角《かど》を右《みぎ》、そして朝《あさ》までまっすぐ。」

ピーターによると、これがネバーランドへの行《い》き方《かた》らしい。

でも、実際《じっさい》のところ、これはピーターのでまかせだった。

三人《さんにん》の子《こ》どもたちは最初《さいしょ》、空《そら》を飛《と》べることがうれしくてうれしくて、はしゃぎ回《まわ》っていた。そして、ピーターのこともすっかり信用《しんよう》していた。

しかし、今《いま》、ウェンディの心《こころ》はざわついている。

(もうどれくらい飛《と》んでいるのかしら?)

彼《かれ》らは今《いま》、海《うみ》の上《うえ》を飛《と》んでいた。

あたりの様子《ようす》はめまぐるしく変《か》わる。暗《くら》くなったり、明《あか》るくなったり。ものすごく寒《さむ》くなったかと思《おも》えば、今度《こんど》は暑《あつ》くなりすぎるときもあった。

空《そら》の上《うえ》にいながら、ピーターは子《こ》どもたちに食《た》べ物《もの》をくれた。

ピーターは、人間《にんげん》が食《た》べてもよさそうなものをくわえて飛《と》んでいる鳥《とり》を見《み》つけると、追《お》いかけていって、そのくちばしから食《た》べ物《もの》をうばう。もちろん、鳥《とり》もうばい返《かえ》そうとして追《お》いかけてくる。うばわれる、またうばう、またうばわれる……。そうして、そのうちみんないっしょになって、ずいぶん長《なが》いこと鳥《とり》と追《お》いかけっこをして、最後《さいご》には友《とも》だちみたいな親《した》しげなあいさつをして別《わか》れるのであった。

(ピーターは、いつもこんなふうにして食《た》べ物《もの》を手《て》に入《い》れているのかしら？　この方法《ほうほう》しか知《し》らないのかしら？)

ウェンディはまた少《すこ》し不安《ふあん》になった。

そのうち、三人《さんにん》の子《こ》どもたちは、ねむけにたえられなくなってきた。空《そら》の上《うえ》でう

とうとすると、マイケルの体《からだ》が、あっという間《ま》にまっさかさまに急降下《きゅうこうか》し始《はじ》めた。ピーターがこれを見《み》て、何《なに》もせずにおもしろがっただけだったので、マイケルを心配《しんぱい》に思《おも》い、ウェンディは泣《な》きそうな声《こえ》で、

「お願《ねが》い！　助《たす》けてあげて！」

とさけんだ。

マイケルの小《ちい》さな体《からだ》が今《いま》にも海《うみ》へ落《お》ちそうというぎりぎりのところで、ピーターはその体《からだ》をさっとつかまえた。そのときのピーターのすばやいことといったら見事《みごと》だったが、まるでゲームを楽《たの》しむように、ぎりぎりまで助《たす》けようとしないので、ウェンディはハラハラした。

「ねぇ、ピーターのごきげんをそこねたらだめよ。」

ピーターが三人《さんにん》から少《すこ》しはなれたとき、ウェンディは二人《ふたり》の弟《おとうと》にむかって言《い》った。

「こんなところに置《お》いていかれたらこまるでしょ。」

すると、マイケルは、

「帰《かえ》ればいいじゃない。」

と答《こた》えた。

「ピーターがいなくなったら、どうやって帰《かえ》り道《みち》を見《み》つけるのよ。それに、わたしたち、飛《と》び方《かた》は教《おそ》わったけど、止《と》まり方《かた》を教《おそ》わってないのよ。」

今度《こんど》はジョンが、こう答《こた》えた。

「そうなったら、とにかくまっすぐ飛《と》んでいけばいいんじゃない？　地球《ちきゅう》は丸《まる》いんだから、いつか帰《かえ》れるよ。」

ついにネバーランドへ

何日《なんにち》もかかって、ようやくその日《ひ》はやって来《き》た。

ピーターは何《なん》でもないことのように言《い》った。

「ほら、あそこだよ。」

「えっ？　どこ？」

「金色《きんいろ》の矢《や》が指《さ》しているだろ。」

見《み》ると、今《いま》にもしずもうとする太陽《たいよう》の光《ひかり》が、百万本《ひゃくまんぼん》もの矢《や》のようになって、心《こころ》ひかれる神秘的《しんぴてき》な島《しま》を指《さ》していた。

「ジョン、見《み》て！　人魚《にんぎょ》の海《うみ》よ。」

「ウェンディ、カメが砂《すな》にたまごをうめている。」

はしゃぐ子《こ》どもたちの目《め》の前《まえ》で、太陽《たいよう》はどんどんしずみ、あたりは夜《よる》のやみにつつまれ始《はじ》めた。

このときまで、子《こ》どもたちにとってのネバーランドは、作《つく》り話《ばなし》であり、夢《ゆめ》のなかにある島《しま》だった。でも、今《いま》それが目《め》の前《まえ》にあって、夜《よる》のやみにおおわれていくのを見《み》ていると、三人《さんにん》は少《すこ》しこわくなった。

すると、ピーターが何気《なにげ》なく言《い》った。

「ジョン、冒険《ぼうけん》はどうだい？　それとも、お

茶《ちゃ》の時間《じかん》にする？」

ウェンディは「お茶《ちゃ》！」と言《い》い、マイケルもそれに賛成《さんせい》するようにウェンディの手《て》をにぎった。しかし、ジョンは、

「冒険《ぼうけん》？　どんな？」

と聞《き》き返《かえ》した。

「ぼくらの下《した》に広《ひろ》がる草原《そうげん》で海賊《かいぞく》がねむっているんだ。きみがやりたいなら、下《お》りていってやっつける。」

「海賊《かいぞく》がここに？　リーダーはどんなやつ？」

「フックって名前《なまえ》さ。」

その名《な》を口《くち》にしたとき、ピーターはけわしい顔《かお》つきになった。

「体《からだ》は大《おお》きいの？」

「うーん、前《まえ》よりは大《おお》きくない。ぼくが右手《みぎて》をちょんぎっちゃったから。」

「ピーターが？　でも、それじゃあそいつはもう戦《たたか》えないだろ？」

「いや、右手《みぎて》の代《か》わりに先《さき》が曲《ま》がっている鉄《てつ》のかぎをくっつけたんだ。そいつでひっかかれたら、やっかいだ。」

このとき、ティンカー・ベルはみんなのまわりをくるくる飛《と》び回《まわ》っていた。その灯《あか》りのために、暗《くら》やみのなかでもみんなの顔《かお》が見《み》えるので、ウェンディはほっとしていた。

しかし、それはあまりよいこととは言《い》えなかったのだ。

「海賊《かいぞく》がぼくたちを発見《はっけん》して、大砲《たいほう》でうとうとしているって、ティンクが言《い》っている。ティンクの光《ひかり》を目印《めじるし》に、このへ

んにぶっぱなしてくるかもしれない。」

ピーターの言葉《ことば》に、みんなはあわててこう言《い》った。

「ピーター、ティンクに今《いま》すぐ遠《とお》くへ行《い》くように言《い》って。」

「ティンクをひとりにできないよ。ティンクはこわがっているみたいなんだ。」

「じゃあ、ティンクの光《ひかり》を消《け》してもらうわけにはいかないの？」

「だめだよ。妖精《ようせい》は、ねむるとき以外《いがい》は光《ひか》っているものなんだから。」

ジョンのぼうしが、ピーターの目《め》にとまった。

「そこへ入《はい》っていてもらおう。ティンク、いいかい？」

ティンカー・ベルがもぐりこんだぼうしを、ウェンディが持《も》つことになった。あとで思《おも》えば、これはあまりよくないことだった。ティンカー・ベルは、本当《ほんとう》はピーターにぼうしを持《も》ってもらいたかったのだ。それに、ピーターがウェンディにやさしくするので、ティンカー・ベルはウェンディのことをよく思《おも》っていなかった。

みんながしばらく無言《むごん》で飛《と》んでいると、
ズドーン！

という、大砲《たいほう》の音《おと》がちんもくをやぶった。

さいわい、だれもけがをすることはなかったが、みんなばらばらにふき飛《と》ばされてしまった。ウェンディは、ティンカー・ベルが入《はい》ったぼうしをしっかりとつかんだままだった。やがて、ティンカー・ベルはぼうしから飛《と》び出《だ》し、

「あたしについていらっしゃい、ウェンディ。」

と、さも親切《しんせつ》そうに言《い》った。

まいごたちとフック船長《せんちょう》

ネバーランドでは、六人《ろくにん》のまいごたちが、ピーターの帰《かえ》りを待《ま》ちかねていた。

長《ちょう》のスミーと二人《ふたり》きりになった。

「ところで船長《せんちょう》はなんであんなにワニをこわがるんで？」

スミーが聞《き》いた。

「ピーターのやつのせいさ。あいつめ、わしの右手《みぎて》をワニにくれてやったんだ。ワニのやつ、味《あじ》をしめたとみえて、それ以来《いらい》わしを追《お》いかけてきよる。わしがこわいのは、あのワニだけだ。しかもそいつは時計《とけい》を飲《の》みこんでいるもんで、近《ちか》づくとチクタクと音《おと》がする。まあ、そのおかげでわしはにげることができるんだが。」

「じゃあ、いつか時計《とけい》のねじがだめになったら、大変《たいへん》なことになりますぜ。」

「まさにそうだ。ん？　なんだ、しりがやけに熱《あつ》いぞ。わっ、あちちちーっ！」

船長《せんちょう》は大《おお》きなキノコにこしかけていたが、それがいきなり熱《あつ》くなったので、ひっぱってみると、キノコがすっぽんとぬけたあとから、けむりがたちのぼってきた。

「これは……えんとつだ！」

スミーと船長《せんちょう》は同時《どうじ》にさけんだ。とうとう、子《こ》どもたちのかくれがを見《み》つけたのだ。耳《みみ》をすますと、なかにいるまいごたちの声《こえ》が聞《き》こえてくる。その内容《ないよう》から、二人《ふたり》はピーターが今《いま》いないことを知《し》った。

船長《せんちょう》が喜《よろこ》びいさんで、スミーにまいごたちをしとめる計画《けいかく》を話《はな》し始《はじ》めると、

チクタクチクタクチクタクチクタクチクタク……

と例《れい》の時計《とけい》の音《おと》が聞《き》こえてきた。

「あいつだっ！」

フック船長《せんちょう》は大《おお》きく身《み》ぶるいすると、ものすごいスピードでにげていった。

ウェンディの危機《きき》

ていさつに出《で》ていたニブスがかくれがへ帰《かえ》ってきたとき、残《のこ》りのまいごたちもかくれがから出《で》てきた。空《そら》を見上《みあ》げたニブスが、

「あ、きれいな白《しろ》い鳥《とり》がいる。こっちへむかっているよ。」

と言《い》ったが、それは鳥《とり》ではなく、ティンカー・ベルに連《つ》れられたウェンディだった。

「ティンカー・ベル、おかえりなさい。」

「ただいま。トートルズ、あの鳥《とり》をピーターが射《い》ってほしいって。さあ、急《いそ》いで。ピーターを喜《よろこ》ばせたいでしょ？」

ティンカー・ベルにそう言《い》われたトートルズは、すぐに弓《ゆみ》に矢《や》をつがえて勢《いきお》いよく放《はな》った。

矢《や》はウェンディの胸《むね》に命中《めいちゅう》し、ウェンディは本物《ほんもの》の白《しろ》い鳥《とり》のように、地面《じめん》へ落《お》ちてきた。

やがて、落《お》ちてきたのが女《おんな》の人《ひと》だと気《き》づいたまいごたちは、ぎょっとした。とくにトートルズの顔《かお》は真《ま》っ青《さお》だ。

そこへ、ピーターが元気《げんき》よく帰《かえ》ってきた。

「ただいま！　いい知《し》らせがあるよ。きみたちのお母《かあ》さんになってくれる人《ひと》を連《つ》れてきたんだ。こっちのほうへ飛《と》んできたはずなんだけど。」

トートルズが勇気《ゆうき》を出《だ》して言《い》った。

「ピーター、ぼく、白《しろ》い鳥《とり》だと思《おも》って、その人《ひと》のこと矢《や》で射《い》ってしまったんだ。ごめんなさい！　おわびにその矢《や》で、ぼくのこともさして！」

ピーターは、まいごたちのそばにたおれているウェン

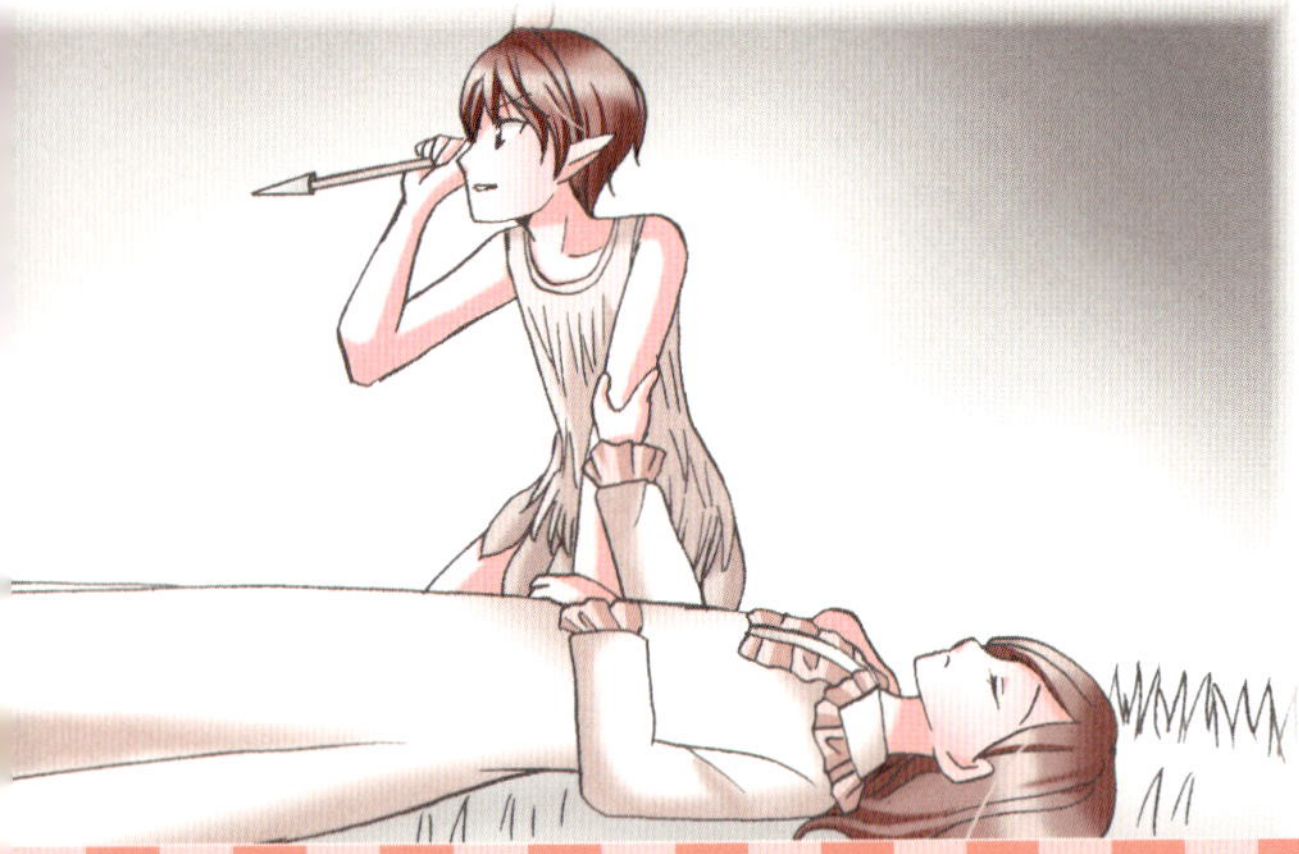

ディを見《み》つけて、はげしくいかった。そして、ウェンディの胸《むね》から矢《や》をぬき取《と》り、それを大《おお》きくふり上《あ》げた。

しかし、その手《て》をつかむものがあった。なんとウェンディだった。

ウェンディは、ピーターにもらったどんぐりのボタンをくさりにつけて、ペンダントにしていた。矢《や》は、そのボタンに突《つ》きささり、ウェンディは助《たす》かったのである。

「これ覚《おぼ》えてる！　ぼくがあげたキスだ。キスが彼女《かのじょ》の命《いのち》を救《すく》ったんだ。」

とピーターは言《い》った。そして、早《はや》くウェンディがよくなりますように、人魚《にんぎょ》を見《み》せてあげるからとお願《ねが》いをした。もちろん、ウェンディはまだぐったりしているので答《こた》えられないけれど。

一同《いちどう》がほっとして喜《よろこ》んでいると、空《そら》から泣《な》き声《ごえ》が聞《き》こえてきた。

ティンカー・ベルだった。まいごたちが、ティンカー・ベルにウェンディを射《い》るように言《い》われたことを話《はな》したので、ピーターは真《ま》っ赤《か》になっておこった。

「なんてこと言《い》うんだ！　おまえなんか、もう友《とも》だちじゃないよ。永遠《えいえん》にどこかへ行《い》ってしまえ！」

ティンカー・ベルはピーターのかたに下《お》りて謝《あやま》ったが、はらわれてしまった。しかし、ウェンディがなだめるかのように、またピーターのうでをつかんだので、ピーターは思《おも》いなおし、どうにか一週間《いっしゅうかん》のおしおきで済《す》ますことにした。

やがて、元気《げんき》を取《と》りもどしたウェンディにまいごたちは、

「ウェンディさん、ぼくたちのお母《かあ》さんになってくれますか？」

とたずねた。

「いいわよ。うまくできるかわからないけど。お話《はなし》を聞《き》かせてあげるわ。」

こうして、ウェンディはみんなのお母《かあ》さんになった。

地下《ちか》のかくれが

次《つぎ》の日《ひ》、ピーターは、ウェンディとジョンとマイケルのための地下《ちか》のかくれがへの入《い》り口《ぐち》を決《き》めるために、三人《さんにん》の体《からだ》のサイズを測《はか》った。

それぞれの体《からだ》にぴったりの穴《あな》を見《み》つけてもらったウェンディたちは、とても喜《よろこ》んだ。それと同時《どうじ》に、この地下《ちか》のかくれがを大変気《たいへんき》に入《い》った。

とっても大《おお》きな部屋《へや》が一《ひと》つ。ゆかに穴《あな》を開《あ》ければ魚《さかな》つりができるし、きれいなキノコがあちこちに生《は》えていて、いす代《が》わりにできる。部屋《へや》の真《ま》んなかには不思議《ふしぎ》な木《き》が生《は》えていて、これはピーターのこしの高《たか》さまでのびると、上《うえ》に戸《と》を乗《の》せて、テーブルとして使《つか》うのだ。

だんろもとても大《おお》きい。おかげでウェンディは、部屋《へや》のなかのどこへでもひもをわたして、せんたくものを干《ほ》すことができた。ベッドは、昼《ひる》のあいだはかべに立《た》てかけてあった。夜《よる》、六時半《ろくじはん》になると降《お》ろされ、部屋《へや》をうめつくしてしまう。

ウェンディは、この家《いえ》に赤《あか》ちゃんがいるといいなと思《おも》った。そこで、一番《いちばん》ちびっこのマイケルを赤《あか》ちゃんということにした。おかげでマイケルは、天井《てんじょう》からつるしたかごをゆりかご代《が》わりにしてねむることになった。

もうひとり大事《だいじ》な家族《かぞく》を忘《わす》れてはいけない。この家《いえ》にはティンカー・ベルの部屋《へや》もある。かべにある鳥《とり》かごほどの大《おお》きさのくぼみが、彼女《かのじょ》の部《へ》屋《や》だ。入《い》り口《ぐち》にはかわいいカーテンが下《さ》げられていて、着《き》がえるとき、ティンカー・ベルは必《かなら》ずこのカー

テンをしめるのだった。しかも、この小部屋《こべや》にはシャンデリアをはじめ、ごうかな家具《かぐ》がたくさんあった。もちろん、シャンデリアなんてなくても、ティンカー・ベルは自分《じぶん》の光《ひかり》で自分《じぶん》の部屋《へや》を照《て》らすことができるのだけれど。

ウェンディは、この家《いえ》のお母《かあ》さんとして、大変《たいへん》いそがしい毎日《まいにち》を送《おく》っていた。家《いえ》のなかの仕事《しごと》でいっぱいで、何週間《なんしゅうかん》も地上《ちじょう》に上《あ》がれないこともあった。わんぱくこぞうたちがたくさんいるので、お料理《りょうり》だって大変《たいへん》！　常《つね》におなべのそばにいないと間《ま》に合《あ》わない。

一日《いちにち》のなかでほっとできるのは、みんながねむったあとくらいだった。その時間《じかん》も、ズボンのひざにつぎを当《あ》てたり、新《あたら》しい服《ふく》をぬってあげたりしていた。

（ネバーランドへ来《き》てから、もうずいぶんたったわ。）

ウェンディは、どんなに月日《つきひ》がたっても、自分《じぶん》のお父《とう》さんやお母《かあ》さんのことを忘《わす》れはしなかった。

(お母《かあ》さんはきっと、いつも子《こ》ども部屋《べや》の窓《まど》を開《あ》けておいてくれているわ。わたしたちの帰《かえ》りを待《ま》っているはずよ。)

ウェンディはそう信《しん》じていた。

しかし、幼《おさな》いジョンとマイケルは、両親《りょうしん》のことをすっかり忘《わす》れかけていた。マイケルにいたってはウェンディを本当《ほんとう》のお母《かあ》さんだと思《おも》いこんでいるほどだ。

ウェンディはこれではいけないと、二人《ふたり》に毎日《まいにち》、本当《ほんとう》のお父《とう》さんとお母《かあ》さんのことを質問《しつもん》して、忘《わす》れさせないようにしていた。

第《だい》3章《しょう》

人魚《にんぎょ》の湖《みずうみ》とタイガー・リリー

島《しま》ながしの岩《いわ》

夏《なつ》の長《なが》い日中《にっちゅう》を、子《こ》どもたちは人魚《にんぎょ》がたくさんいる湖《みずうみ》で過《す》ごした。泳《およ》いだり、うかんだり、人魚《にんぎょ》ごっこをしたり……。

ただ、残念《ざんねん》なことに、ウェンディたちは人魚《にんぎょ》と友《とも》だちになることはできなかった。

湖《みずうみ》のなかには、「島《しま》ながしの岩《いわ》」と呼《よ》ばれる大《おお》きな岩《いわ》があった。人魚《にんぎょ》たちはここでひと休《やす》みして、かみをとかしたりするのだが、ウェンディたちが近《ちか》くへよると、あっという間《ま》に水《みず》のなかへもぐってしまう。ウェンディたちのほうへ、しっぽでわざと水《みず》をぴしゃっとはねさせながら。

でも、ピーターに対《たい》してだけは、人魚《にんぎょ》の態度《たいど》がちがっていた。仲《なか》よくおしゃべりしたり、ふざけ合《あ》ったりしているのだった。

雨《あめ》があがったあとのよく晴《は》れた日《ひ》には、いつもよりずっと多《おお》くの人魚《にんぎょ》たちが、この湖《みずうみ》に集《あつ》まってきた。人魚《にんぎょ》たちは、にじ色《いろ》の水《みず》でつくったあわをボール代《が》わりにして、しっぽではじいて遊《あそ》んでいる。何百《なんびゃく》もの人魚《にんぎょ》が、にじ色《いろ》のあわをはじき合《あ》う様《よう》子《す》はとてもきれいで、うっとりさせられる光景《こうけい》だった。

ある日《ひ》、子《こ》どもたちは「島《しま》ながしの岩《いわ》」の上《うえ》で昼寝《ひるね》をしていた。ウェンディだけが起《お》きていて、いそがしくぬいものをしていた。

そのうち急《きゅう》に日《ひ》がかげり、あたりが暗《くら》くなった。夜《よる》が来《く》るにはまだだいぶ早《はや》い。背筋《せすじ》がぞくぞくして、ウェンディは思《おも》わず身《み》ぶるいした。

そのとき、ピーターが飛《と》び起《お》きた。耳《みみ》をすましてあたりの様子《ようす》をうかがうと、

「海賊《かいぞく》だ！　飛《と》びこめっ！」

とさけんだ。この声《こえ》に、子《こ》どもたちも目《め》を覚《さ》まし、いっせいに湖《みずうみ》へ飛《と》びこんだ。岩《いわ》の上《うえ》は、まるで何事《なにごと》もなかったかのように静《しず》まりかえった。

そこへ、一《いっ》そうのボートが近《ちか》づいてきた。乗《の》っているのは、海賊《かいぞく》のスミー、スターキー、そしてインディアンのむすめのタイガー・リリーだった。

タイガー・リリーの両手《りょうて》、両足首《りょうあしくび》はしばられていた。おそらく、このまま岩《いわ》の上《うえ》に置《お》き去《ざ》りにされるのだろう。そして、やがて潮《しお》が満《み》ちてきたら、ここでおぼれ死《じ》

ぬことになるのだ。
タイガー・リリーはそのことを知《し》っていたが、平気《へいき》な顔《かお》をしていた。彼女《かのじょ》はインディアンの*酋長《しゅうちょう》のむすめである。

死《し》ぬときは、酋長《しゅうちょう》のむすめとして堂々《どうどう》とした最期《さいご》をとげなくてはならないのだ。

二人《ふたり》の海賊《かいぞく》たちは、タイガー・リリーを岩《いわ》の上《うえ》へ降《お》ろそうとしていた。その様子《ようす》を、ピーターとウェンディが水《みず》のなかから頭《あたま》を出《だ》したり引《ひ》っこめたりしながら、すぐそばで見《み》ていた。ウェンディは、タイガー・リリーの身《み》の上《うえ》をかわいそうに思《おも》ってなみだをながし、ピーターは二人《ふたり》がかかりでひとりの女《おんな》の子《こ》をいじめている海賊《かいぞく》たち

に腹《はら》を立《た》てていた。

ピーターはとつぜん、フック船長《せんちょう》の声《こえ》のまねをして、二人《ふたり》の海賊《かいぞく》に呼《よ》びかけた。

「おーい！　おまえら。」

その声《こえ》は、まさにフック船長《せんちょう》そのものだった。

「はい、船長《せんちょう》。何《なん》のご用《よう》で？」

海賊《かいぞく》たちはおどろいて、あわてて返事《へんじ》をした。

「こっちへ泳《およ》いで来《こ》い！」

「へっ？　今《いま》、このインディアンのむすめを岩《いわ》へ乗《の》せるとこでやんすが。」

「そいつはもういい。なわを切《き》ってはなしてやれ。」

「へっ？　そりゃ、どういうこって？」

「早《はや》くしろ！　さもないと、このかぎで引《ひ》っかいてやるぞ。」

「何《なん》だか、変《へん》だなあ。船長《せんちょう》が置《お》いてこいって言《い》ったのに。」


*酋長《しゅうちょう》……部族《ぶぞく》などの集団《しゅうだん》のなかでいちばんえらい人《ひと》のこと。

とぶつぶつ言《い》いながらも、海賊《かいぞく》たちはタイガー・リリーのなわをといてやった。すると、彼女《かのじょ》はまるでウナギのようにするりと湖《みずうみ》に飛《と》びこみ、にげていった。

ピーターは、作戦《さくせん》があまりにうまくいったので大喜《おおよろこ》び。もう少《すこ》しで、うっかり歓《かん》声《せい》をあげるところだった。ところがそのとき、

「おーい！　そこのボート！」

と、本物《ほんもの》のフック船長《せんちょう》の声《こえ》が聞《き》こえてきたのだ。

船長《せんちょう》は泳《およ》いでボートにたどりついた。

「船長《せんちょう》、いったいどうしたんで？」

「あいつらめ、とうとう『お母《かあ》さん』を見《み》つけたらしい。ウェンディという名《な》のな。」

「へっ？　お母《かあ》さんって何《なん》ですかい？」

スミーが船長《せんちょう》にたずねた。それを聞《き》いたウェンディは、お母《かあ》さんを知《し》らないスミーのことを少《すこ》しかわいそうに思《おも》った。

そこへ、鳥《とり》の巣《す》が流《なが》れてきた。巣《す》のなかではネバー鳥《どり》の母《はは》親《おや》が、卵《たまご》をだいてすわっていた。

「おい、スミー。いいか？　あれがお母《かあ》さんというものだ。巣《す》が水《みず》に落《お》ちてしまっても、なんとかたまごを守《まも》ろうとしているだろう？」

フック船長《せんちょう》が説明《せつめい》すると、スミーはこう言《い》った。

「へえ、お母《かあ》さんってのがそんなにいいんなら、あのまいごたちのお母《かあ》さんをさらって、おいらたちのお母《かあ》さんにするのはどうですかい？」

「なるほど、そりゃあいい。さっそくあいつらをさらってこよう。そして、ほかのやつらは海《うみ》へ落《お》っことして、ウェンディにわしらのお母《かあ》さんになってもらおう。」

それを聞《き》いたウェンディは、思《おも》わず大声《おおごえ》をあげてしまった。

「そんなの、まっぴらごめんだわ！」

「ん？　今何《いまなに》か聞《き》こえたような。それより、インディアンのむすめはどうした？」

フック船長《せんちょう》は、ふとタイガー・リリーのことを思《おも》い出《だ》して聞《き》いた。

「へい。船長《せんちょう》の命令通《めいれいどお》り、ちゃんとにがしてやりましたぜ。」

スミーがそう言《い》うと、フック船長《せんちょう》は顔色《かおいろ》が変《か》わるほどおこりだした。

「にがしただとぉ！　この大《おお》まぬけ！」

「いや、そうしろと船長《せんちょう》が言《い》ったんですぜ。」

「わしがそんな命令《めいれい》するはずなかろう！　まさか、ゆうれいでも出《で》たのか？」

「ああ、そうさ！」

ピーターが、再《ふたた》びフック船長《せんちょう》の声《こえ》まねをして答《こた》えました。

「だれだっ！」

「わしこそが、ジョリー・ロジャー号《ごう》のフック船長《せんちょう》である。」

「何《なん》だとっ！　フック船長《せんちょう》はわしだ！」

フックは自分《じぶん》にそっくりな声《こえ》を、しばらくうす気味悪《きみわる》く思《おも》っていたが、やがてはっとしてさけんだ。

「やつだ！　ピーター・パンだ。スミー、スターキー、あいつをつかまえろ！」

すると、ピーターのほうも

「みんな、準備《じゅんび》はいいか？　突《とつ》げきーっ。」

とさけんだ。すると、かくれていた子《こ》どもたちが一気《いっき》に海賊《かいぞく》めがけて飛《と》びかかった。

ピーターとフック船長《せんちょう》は、たまたま同《おな》じ岩《いわ》によじのぼり、そこで出会《であ》ってしまった。ピーターはナイフでフック船長《せんちょう》と戦《たたか》おうとしたが、相手《あいて》はまだちゃんとした態《たい》勢《せい》ではなかった。そこで、正々堂々《せいせいどうどう》と戦《たたか》うために、ピーターはフック船長《せんちょう》に手《て》を貸《か》して、起《お》こしてやろうとしたのだ。

ところが、フック船長《せんちょう》はとんでもなくひきょうなやつだったので、そのすきをねらってピーターにこうげきをした。ピーターがフック船長《せんちょう》のずるさに混乱《こんらん》していると、そこへ、またあの音《おと》が近《ちか》づいてきた。

チクタクチクタクチクタク……

フック船長《せんちょう》はその音《おと》を聞《き》くと、あっという間《ま》ににげていってしまった。

ありがとう、ネバー鳥《どり》

こうして、子《こ》どもたちは海賊《かいぞく》をおっぱらうことに成功《せいこう》したものの、かんじんのピーターとウェンディの姿《すがた》が見《み》えない。とうとう子《こ》どもたちは、

「先《さき》に帰《かえ》ったんじゃない？」

と言《い》いながら、かくれがへと帰《かえ》ってしまった。

ところが、二人《ふたり》は岩《いわ》に打《う》ち上《あ》げられ、まだ湖《みずうみ》にいたのである。ピーターは、フック船長《せんちょう》のひきょうなこうげきのせいで、けがをしてしまい、泳《およ》ぐことも飛《と》ぶことも

できなくなってしまった。潮《しお》がどんどん満《み》ちてきて、岩《いわ》は今《いま》にも水《みず》に飲《の》みこまれそう。

二人《ふたり》があきらめかけたとき、マイケルが先日《せんじつ》作《つく》ったたこが、風《かぜ》に乗《の》って流《なが》れてきた。

「ウェンディ、これにつかまって帰《かえ》るんだ。」

「ピーターもいっしょに行《い》きましょう。」

「無理《むり》だよ、二人《ふたり》じゃ重《おも》すぎる。」

「いやよ！　ピーターを置《お》いていくことなんてできない！」

しかし、ピーターはすでにウェンディをたこに結《むす》びつけていた。そして、

「さよなら、ウェンディ。」

と言《い》い、その体《からだ》を岩《いわ》の上《うえ》からそっとおし

やった。

こうして、ウェンディはひとりで飛《と》んでいくことになり、ピーターは水《みず》がせまりくる岩《いわ》の上《うえ》にとりのこされたのだった。

ピーターはふと、水面《すいめん》の上《うえ》をひょこひょこ動《うご》いているものに気《き》づいた。よく見《み》ると、それはさっきのネバー鳥《どり》だった。巣《す》に乗《の》ったまま、羽《はね》をばたつかせてこっちへやって来《く》る。ネバー鳥《どり》はなんと、ピーターを救《すく》おうとしているのだった。

「さあ、この巣《す》にお乗《の》りなさい。」

とネバー鳥《どり》は言《い》っているのだが、ピーターにはギャアギャア鳴《な》いているようにしか聞《き》こえない。

「え？　何《なに》をそんなに鳴《な》いているんだい？」

しばらくこのやりとりが続《つづ》いたあとで、

ネバー鳥《どり》はしびれをきらし、巣《す》を岩《いわ》のすぐそばへおしやると、自分《じぶん》はたまごを残《のこ》したまま、飛《と》び上《あ》がった。こうすることで、やっとピーターにもネバー鳥《どり》の親切《しんせつ》が伝《つた》わったのだった。ピーターは上《うえ》を飛《と》んでいるネバー鳥《どり》に、

「ありがとう。」

と手《て》をふると、岩《いわ》の上《うえ》にたっていたぼうを引《ひ》っこぬいてマストにし、そこへぬいだシャツをかけて帆《ほ》の代《か》わりにした。

こうして、ピーターが無事《ぶじ》にかくれがへ帰《かえ》ってきたころ、ちょうどウェンディも着《つ》いたところだった。たこがあちこちに飛《と》ばされて、帰《かえ》ってこられなかったのだ。子《こ》どもたちは、今日《きょう》の冒険《ぼうけん》の話《はなし》をしたがったけれど、ウェンディ母《かあ》さんに、

「もう、とっくにねる時間《じかん》をすぎているんですからね！」

ときびしく言《い》われてしまうのだった。

第《だい》4章《しょう》

ティンカー・ベルを救《すく》え！

海賊《かいぞく》とインディアンの戦《たたか》い

ピーターがインディアンの酋長《しゅうちょう》のむすめであるタイガー・リリーを救《すく》ったことから、子《こ》どもたちとインディアンたちは友《とも》だちになった。

彼《かれ》らは、子《こ》どもたちが海賊《かいぞく》にねらわれていることを知《し》って、地下《ちか》のかくれがの上《うえ》でひとばんじゅう見張《みは》りをしてくれた。

ある日《ひ》の夜明《よあ》け前《まえ》、海賊《かいぞく》たちがとつぜんおそいかかってきた。そのため、子《こ》どもたちのかくれがの上《うえ》で、おそろしい戦《たたか》いがくり広《ひろ》げられたのだ。多《おお》くのインディアンが殺《ころ》され、海賊《かいぞく》たちの大勝利《だいしょうり》のうちに戦《たたか》いは幕《まく》を閉《と》じた。

戦《たたか》いはそれで終《お》わらない。フック船長《せんちょう》が本当《ほんとう》にねらっていたのは、インディアンではなかったのだ。ピーター・パンと子《こ》どもたちを今度《こんど》こそやっつけようとしていた。

「まあ、いい。これでじゃまものはいなくなったんだ。さて、問題《もんだい》は、どうやってこの地下《ちか》の家《いえ》へもぐりこむかということだ。」

フック船長《せんちょう》は手下《てした》どもを見回《みまわ》して、一番《いちばん》やせている男《おとこ》を探《さが》した。子《こ》どもたちが使《つか》っている木《き》のみきの穴《あな》からもぐりこませるためである。

そのころ、地下《ちか》の子《こ》どもたちは、地上《ちじょう》で始《はじ》まったおそろしい戦《たたか》いの結末《けつまつ》がいったいどうなったのか、気《き》になってしかたなかった。今《いま》はもう、地上《ちじょう》は何事《なにごと》もなかったかのように、しんと静《しず》まりかえっている。

「いったい、どっちが勝《か》ったと思《おも》う？」

という子《こ》どもたちの質問《しつもん》にピーターは、

「インディアンが勝《か》てば、きっとたいこをたたくさ。」

と答《こた》えた。すると、間《ま》もなくたいこの音《おと》が聞《き》こえてきたのである。

実《じつ》はこれは、フック船長《せんちょう》のわなだった。木《き》の穴《あな》から子《こ》どもたちの会話《かいわ》をぬすみ聞《ぎ》きした船長《せんちょう》が、スミーにたいこをたたかせたのだ。

そうとは知《し》らない子《こ》どもたちは、インディアンが勝《か》ったと思《おも》いこんで、外《そと》へ飛《と》び出《だ》してしまった。そして、全員《ぜんいん》つかまってしまったのである。

ただひとり、ピーターだけをのぞいて。

海賊《かいぞく》たちは、ウェンディにだけはていねいな態度《たいど》で接《せっ》したが、ほかの子《こ》どもたちのことはらんぼうにあつかった。

手下《てした》がスライトリーをしばり上《あ》げているのを見《み》て、フック船長《せんちょう》は何《なに》やら思《おも》いついたようだった。

「あいつはずいぶん太《ふと》っているな。あいつが通《とお》れる穴《あな》なら、わしでも通《とお》れるだろう。」

フック船長《せんちょう》はとうとう、にっくきピーターをしとめる作戦《さくせん》を考《かんが》えついたのだ。その胸《むね》はまるでおどるように高鳴《たかな》った。手下《てした》たちに、子《こ》どもたちを連《つ》れて海賊船《かいぞくせん》へもどるように言《い》いつけ、自分《じぶん》は残《のこ》って、ピーターをやっつけようとした。

「船長《せんちょう》、子《こ》どもたちは何《なん》で運《はこ》ぶんで？」

「うむ。そうじゃ、あの家《いえ》を使《つか》え！」

あの家《いえ》とは、子《こ》どもたちがウェンディのために建《た》てた、小《ちい》さな家《いえ》のことだった。子《こ》どもたちは小《ちい》さな家《いえ》へおしこめられ、かつがれて連《つ》れ去《さ》られてしまった。

妖精《ようせい》を信《しん》じる心《こころ》

夜《よる》はもうすぐ明《あ》けようとしていたけれど、ベールのようなやみがあたりをつつんでいた。

ひとりきりになったフック船長《せんちょう》は、スライトリー用《よう》の木《き》の穴《あな》を探《さが》した。そして、そこへ自分《じぶん》の体《からだ》が入《はい》ることを確認《かくにん》すると、コートをぬいでなかへと入《はい》っていった。

部屋《へや》のなかは真《ま》っ暗《くら》だった。しかし、次第《しだい》に目《め》が慣《な》れてきて、ベッドの上《うえ》でぐっすりとねむっている、ピーターの姿《すがた》をついに見《み》つけたのだ！

ピーターはたいこの音《おと》を聞《き》いて、インディアン側《がわ》が勝《か》ったと思《おも》いこみ、子《こ》どもたちが外《そと》へ出《で》ていくと同時《どうじ》に、すっかり安心《あんしん》して無防備《むぼうび》な姿《すがた》でねむってしまったのだった。

フック船長《せんちょう》は、ベッドのわきのたなに置《お》いてある、ピーターのものらしきコップに目《め》を留《と》めた。なかには水《みず》が入《はい》っている。

船長《せんちょう》は心《こころ》のなかでこれは使《つか》えると思《おも》うと、にやりと笑《わら》った。

そして、いつも持《も》ち歩《ある》いている毒薬《どくやく》を、そのコップに垂《た》らしたのだった。その手《て》は、ついにピーターをやっつけられる喜《よろこ》びと興奮《こうふん》のあまり、ふるえていた。

ピーターは、船長《せんちょう》が木《き》の穴《あな》をぬけて外《そと》に出《で》るまでついに目《め》を覚《さ》ますことはなかった。船長《せんちょう》は、ぬぎ捨《す》てていたコートをはおり、足音《あしおと》をしのばせて行《い》ってしまった。

それでもまだ、ピーターはねむり続《つづ》けていた。どのくらいの時間《じかん》がたったのだろう。コンコンととびらをノックする音《おと》で、ピーターはやっと起《お》き上《あ》がった。

「だれだっ！」

ノックをしていたのはティンカー・ベルだった。とびらを開《あ》けると、ティンカー・ベルは飛《と》びこんできてこう言《い》った。

「大変《たいへん》よ！　ウェンディと男《おとこ》の子《こ》たちがみんな海賊《かいぞく》につかまっちゃったのよ。」

「何《なん》だって？　早《はや》く助《たす》けなきゃ！」

ピーターはそう言《い》いながら、出発《しゅっぱつ》前《まえ》に、水《みず》を飲《の》もうとそばのコップを手《て》に取《と》った。

「それを飲《の》んではだめよっ！それには毒《どく》が入《はい》っているの！」

ティンカー・ベルがさけんだ。

「毒《どく》だって？　いったいだれが？」

「フックよ。さっき、聞《き》いたんだもの。森《もり》のなかでフックがつぶやいているのを。」

「フックがここへ来《き》たってこと？　そんな、ばかな。」

ティンカー・ベルはこまってしまった。たしかに、フックがどうやってここへ入《はい》ったか、見《み》ていたわけではないので、説明《せつめい》できなかったのだ。

ピーターは再《ふたた》び水《みず》を飲《の》もうとした。もう、言葉《ことば》ではとめられない。そう思《おも》ったティ

ンカー・ベルは、コップに飛《と》びついて、ピーターよりも先になかの水《みず》を飲《の》み干《ほ》してしまった。

ピーターはおこったが、返事《へんじ》はなく、ティンカー・ベルの様子《ようす》がおかしい。

「どうした？」

「この…水《みず》の…毒《どく》で…あたし…もう…だめ。」

「本当《ほんとう》に毒《どく》が？　ぼくを守《まも》るためにこれを飲《の》んだの？」

ティンカー・ベルは力《ちから》をふりしぼって、かすかにうなずいた。空中《くうちゅう》でふらふらしていた体《からだ》は、すでに飛《と》べなくなり、よろよろと自分《じぶん》の小部屋《こべや》へ入《はい》ると、ベッドの上《うえ》にたおれてしまった。ティンカー・ベルの放《はな》つ光《ひかり》はどんどん弱《よわ》まり、今《いま》にも消《き》えそうだ。

ピーターの目《め》から、なみだがあふれた。すると、そのとき、消《き》え入《い》りそうなティンカー・ベルの言葉《ことば》を聞《き》き取《と》ることができた。

「もし…子《こ》どもたちが…妖精《ようせい》を…信《しん》じて…くれれば、あたし…助《たす》かるの。」

ピーターは、大《おお》きく空《そら》に手《て》をのばして、ネバーランドを夢見《ゆめみ》るすべての子《こ》どもたちに呼《よ》びかけた。

「ねぇ、世界《せかい》じゅうの子《こ》どもたちよ。きみたちは妖精《ようせい》を信《しん》じているよね？　もし信《しん》じているのなら、どうか、手《て》をたたいてください！　ティンクを殺《ころ》さないで！」

ピーターは、声《こえ》をいっそう大《おお》きくしてさけぶと、どこからか、パチパチと手《て》をたたくたくさんの音《おと》が聞《き》こえ始《はじ》めた。もちろん、なかにはたたかない子《こ》もいたけれど。

ともかく、こうしてティンクは子《こ》どもたちの信《しん》じる心《こころ》によって救《すく》われたのだ。

ティンカー・ベルは再《ふたた》び明《あか》るい光《ひかり》につつまれながら、ベッドからはね起《お》き、部屋《へや》のなかを飛《と》び回《まわ》った。

「よかった。さあ、行《い》こう！　ウェンディたちを助《たす》けに！」

第《だい》5章《しょう》

最後《さいご》の戦《たたか》い

海賊船《かいぞくせん》で

海賊船《かいぞくせん》ジョリー・ロジャー号《ごう》のデッキの上《うえ》を、考《かんが》えごとをしながら行《い》ったり来《き》たりしている人物《じんぶつ》がいる。フック船長《せんちょう》だ。

海賊船《かいぞくせん》の上《うえ》で、手下《てした》たちはくつろいでいた。船《ふな》べりへよりかかってのんびりしているものもいれば、トランプをしているものもいる。つかまえた子《こ》どもたちはみな、船《ふね》ぞこへほうりこんである。ピーターはといえば、毒薬入《どくやくい》りの水《みず》を飲《の》んで、今《いま》ごろは死《し》んでいるはずだ。しかし、フック船長《せんちょう》は落《お》ち着《つ》かなかった。

「そうだ。わしはあいつらとの戦《たたか》いに、とうとう勝《か》ったのだ。」

そう言《い》ってはみるものの、ちっともうれしそうではない。むしろ、落《お》ちこんでい

るようにすら見《み》える。

ピーターと子《こ》どもたちのことは、ずっと前《まえ》からやっつけてやりたいと思《おも》っていたはずなのに。なぜだろう？　フック船長《せんちょう》は今《いま》、自分《じぶん》はひとりぼっちだという気持《きも》ちを味《あじ》わっていた。

「子《こ》どもたちは、だれも、わしのことをしたってはくれん。」

船長《せんちょう》とちがい、水夫長《すいふちょう》のスミーは、つかまえてきた子《こ》どもたちにしたわれていた。その様子《ようす》を見《み》ていると、船長《せんちょう》はたまらなくはらがたつのだった。

「おい、おまえたち、あいつらをしっかりくさりでつないでおいたか？　油断《ゆだん》していると空《そら》を飛《と》ぶぞ。にげられないように気《き》をつけろ。ここへ連《つ》れてこい！」

船《ふね》ぞこにいた子《こ》どもたちは引《ひ》っ張《ぱ》りだされ、船長《せんちょう》の前《まえ》に一列《いちれつ》にならばされた。

「おい、こぞうども、よく聞《き》け。これから、おまえら八人《はちにん》のうち六人《ろくにん》を海《うみ》に落《お》とす。しかし、二人《ふたり》は助《たす》けて海賊《かいぞく》の仲間《なかま》にしてやろう。どうだ、海賊《かいぞく》になりたいか？」

しかし、結局《けっきょく》だれひとりとして、海賊《かいぞく》になりたがったものはいなかったため、フック船長《せんちょう》は顔《かお》を真《ま》っ赤《か》にしておこりだした。

「おまえらなんぞ、ひとり残《のこ》らず海《うみ》へ落《お》としてやる！　おい、板《いた》を用意《ようい》しろ！」

すぐに、船《ふね》のへりに長《なが》い板《いた》がかけられた。今《いま》からこの板《いた》の上《うえ》を歩《ある》かされ、海《うみ》に落《お》とされるのだ。そう思《おも》うと、子《こ》どもたちの顔《かお》は一気《いっき》に青《あお》ざめた。

船長《せんちょう》はウェンディにむかって、ねこなで声《ごえ》でこう言《い》った。

「ウェンディさん、あんたのかわいいいお子《こ》ちゃまたちが、海《うみ》へ落《お》ちるところをじっくりと見《み》ておあげなさい。」

ウェンディは、けいべつの気持《きも》ちをこめた目《め》で、フック船長《せんちょう》をにらんだ。

そして、子《こ》どもたちに向《む》かい、ウェンディは、

「みんな！　あなたたちのお母《かあ》さんはきっと、あなたたちがりっぱなイギリス紳士《しんし》として死《し》んでいくことを望《のぞ》んでいますよ！」

と、おびえる子《こ》どもたちとは対照的《たいしょうてき》に、実《じつ》に堂々《どうどう》とした態度《たいど》で言《い》いきった。これを聞《き》いて、海賊《かいぞく》たちは一瞬《いっしゅん》おそれをなしたようだった。しかし、フック船長《せんちょう》は気《き》を取《と》り直《なお》し、

「ウェンディをマストにしばりあげろ！」

とどなった。スミーはウェンディをしばりながら、

「ねぇ、あんた、おいらのお母《かあ》さんになってくれよ。そしたら、助《たす》けてやるよ。」

と言《い》ったが、それなら子《こ》どもはひとりもいらないわ、とウェンディはきっぱり断《ことわ》った。

チクタクワニの登場《とうじょう》

子《こ》どもたちは海《うみ》へと突《つ》き出《で》た板《いた》を見《み》て、がたがたふるえていた。

船長《せんちょう》がにやにやしながら、ウェンディのところへ向《む》かおうとしたそのとき、

チクタクチクタク……

また、例《れい》の音《おと》が聞《き》こえてきたのだ。さっきまでいばりちらしていたことがうそのように、船長《せんちょう》はデッキの上《うえ》にたおれこんでしまった。

チクタクチクタク……

音《おと》はどんどん近《ちか》づいてくる。船長《せんちょう》はよろめきながらも、何《なん》とか立《た》ち上《あ》がって、その音《おと》から少《すこ》しでもはなれようとした。

「おい、わしをかくすんだ！」

手下《てした》たちはあわてて船長《せんちょう》の周《まわ》りをとりかこんだ。そのすきに、子《こ》どもたちが船《ふな》べりへ行《い》って音《おと》のするほうをのぞくと、なんとそこにいたのはピーターだった！

ピーターは、子《こ》どもたちにだまっているように合図《あいず》を送《おく》ると、チクタクと言《い》いながら、さらに近《ちか》づいてきた。そして、かじをとっていた海賊《かいぞく》をたおすと、すばやく船室《せんしつ》にもぐりこんだ。

「船長《せんちょう》、時計《とけい》の音《おと》が聞《き》こえなくなりましたぜ。」

スミーに言《い》われて、フック船長《せんちょう》もようやく元気《げんき》を取《と》りもどした。

「こいつらを早《はや》くかたづけてしまえ！」

船長《せんちょう》がそう言《い》ったとたん、船室《せんしつ》からおそろしい悲鳴《ひめい》が聞《き》こえた。続《つづ》いて、オンドリの鳴《な》き声《ごえ》のような、歓声《かんせい》がひびいた。

「大変《たいへん》だ！　ビルのやつが死《し》んでいる！　船室《せんしつ》のなかに何《なに》かいるんだ。」

「なんだと？　おい、おまえ行《い》って見《み》てこい！」

船長《せんちょう》はこわがる手下《てした》を無理《むり》やり船室《せんしつ》へ行《い》かせた。すると、再《ふたた》びおそろしい悲鳴《ひめい》と、オンドリのような歓声《かんせい》がひびいた。

手下《てした》たちがみなこわがって船室《せんしつ》へ行《い》くのをいやがったので、船長《せんちょう》は子《こ》どもたちを行《い》かせた。子《こ》どもたちが船室《せんしつ》のなかへ入《はい》ると、ピーターはみんなの手錠《てじょう》をはずしてあげた。自由《じゆう》になった子《こ》どもたちは、見《み》つけたけんやおのを持《も》ち、そっと船室《せんしつ》をぬけ出《だ》した。

ピーターはしのび足《あし》でウェンディのもとへ行《い》き、なわを切《き》ると、ウェンディのコートをはおった。そして、オンドリのような歓声《かんせい》をあげたのである。

海賊《かいぞく》たちは、その声《こえ》を聞《き》くと、仲間《なかま》が殺《ころ》されてしまったのだとかんちがいし、ふるえあがっ

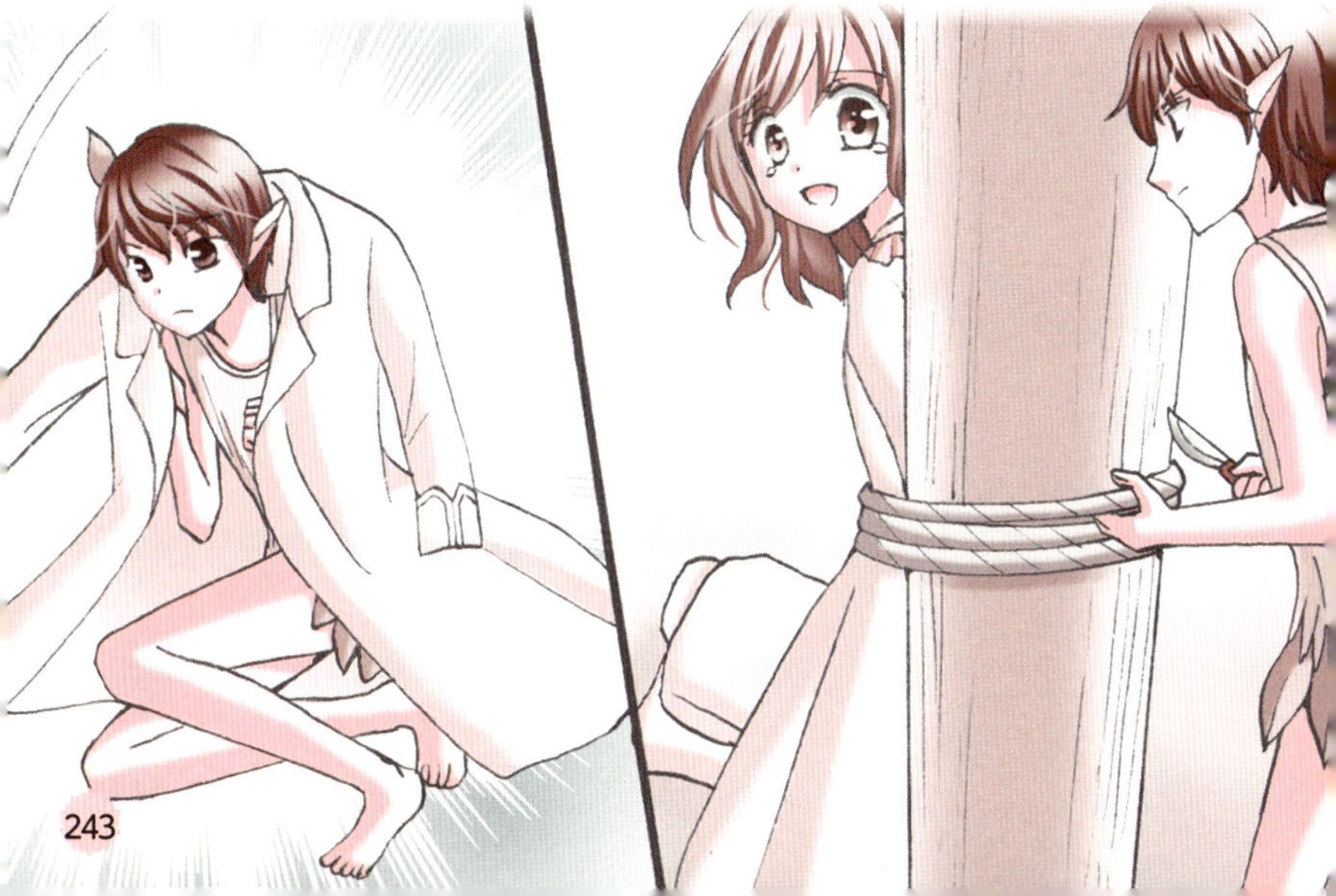

た。手下《てした》たちをはげますように船長《せんちょう》がさけんだ。

「やい、おまえらよく聞《き》け！　海賊船《かいぞくせん》に女《おんな》がいると不吉《ふきつ》だと言《い》われている。だから、ウェンディをかたづければいいんだ。おい、だれかウェンディを連《つ》れてこい！」

手下《てした》たちがウェンディのもとへかけよると、

「われこそは、ピーター・パン！」

という声《こえ》とともに、コートをぬぎ捨《す》て、ピーターが現《あらわ》れた。

「さあ、みんな、海賊《かいぞく》たちをやっつけるんだ！」

あまりにとつぜんのことに手下《てした》たちは大《おお》あわて。そのすきをついて、子《こ》どもたちは次々《つぎつぎ》と海賊《かいぞく》たちをやっつけていった。そして、とうとう子《こ》どもたちがフック船長《せんちょう》を取《と》りかこんだとき、ピーターはさけんだ。

「けんをしまうんだ。こいつの相手《あいて》は、ぼくだけだ！」

これまでのさわぎがピーターのしわざだったと知《し》って、フック船長《せんちょう》はとてもくやしがった。そして、鉄《てつ》のかぎでピーターをついてやろうとしたとき、ピーターがうまく体《からだ》をかがめて、船長《せんちょう》のわき腹《ばら》にけんをさした。ふき出《だ》した自分《じぶん》の血《ち》を見《み》て、フック船長《せんちょう》はひるみ、けんを手《て》から落《お》とした。

戦《たたか》う気《き》を失《うしな》った船長《せんちょう》は、火薬庫《かやくこ》から大砲《たいほう》の玉《たま》を持《も》ち出《だ》して火《ひ》をつけた。

「この船《ふね》は、あと二分《にふん》でばくはつする！」

すると、ピーターはその玉《たま》をかかえてきて、海《うみ》へと放《ほう》りなげてしまった。そして、ありったけの力《ちから》で船長《せんちょう》をけとばして海《うみ》へと突《つ》き落《お》とした。ああ、フック船長《せんちょう》はあわれなことに、そこで待《ま》ちかまえていた本物《ほんもの》のワニのえさとなってしまった。

第《だい》6章《しょう》

わが家《や》へ

お母《かあ》さんのピアノ

ついにフック船長《せんちょう》をはじめ、海賊《かいぞく》たちをやっつけたピーター・パンと子《こ》どもたちは、海賊船《かいぞくせん》ジョリー・ロジャー号《ごう》でぐっすりとねむった。よく朝《あさ》、みんなは早《はや》く目《め》を覚《さ》まし、海賊《かいぞく》になったような気分《きぶん》で船《ふね》のなかをあちこち探検《たんけん》した。

海図《かいず》を調《しら》べていたピーターは、しばらく船《ふね》の旅《たび》を続《つづ》けて、とちゅうから空《そら》を飛《と》んでいくのがいいだろうと決《き》めた。行《ゆ》き先《さき》は、ウェンディたちのなつかしいわが家《や》だ。

さて、ロンドンにあるウェンディたちの家《いえ》では、いつまでたっても帰《かえ》ってこない子《こ》どもたちを思《おも》い、両親《りょうしん》が胸《むね》をいためていた。

お母《かあ》さんは、いつ子《こ》どもたちが帰《かえ》ってきてもいいように、常《つね》に三人《さんにん》のベッドに風《かぜ》を入《い》れてふかふかにしていた。留守《るす》にすることもなく、子《こ》ども部屋《べや》の窓《まど》は、いつでも三人《さんにん》が入《はい》って来《こ》られるように開《あ》けっぱなしにしていた。

ウェンディたちがもう間《ま》もなく着《つ》こうというとき、お母《かあ》さんは家《いえ》のなかでピアノをひいていた。ウェンディたちよりも先《さき》に飛《と》んできたピーターとティンカー・ベルは、すでに子《こ》ども部屋《べや》の窓《まど》のそばにいた。

「ティンク、早《はや》く窓《まど》をしめろ！　そうしたら、ウェンディはお母《かあ》さんが待《ま》っていてくれなかったと思《おも》って、ネバーランドへもどるだろうよ。」

ピーターの言葉《ことば》を聞《き》いて、ティンカー・ベルは言《い》われた通《とお》りにした。

ピーターは、いざとなるとウェンディと別《わか》れるのがいやで、先回《さきまわ》りしたのだ。

そのとき、ピーターの耳《みみ》に、きれいなピアノの音《おと》が聞《き》こえた。その音《おと》はまるで、

「帰《かえ》ってらっしゃい、ウェンディ。帰《かえ》ってらっしゃい、さあ早《はや》く。」

と歌《うた》っているようだった。ピアノをひいているお母《かあ》さんの目《め》になみだが光《ひか》っているのを、ピーターは見《み》てしまった。

さよなら、ウェンディ

「お母《かあ》さんは、ずっとウェンディを待《ま》っているんだ。ウェンディの本当《ほんとう》の家《いえ》は、やっぱりここなんだ。」

ピーターは泣《な》くのをがまんして、ティンカー・ベルがしめた窓《まど》を開《あ》けた。

「ティンク、おいで。帰《かえ》ろう、ネバーランドへ。」

ピーターは、やあウェンディ、さよならとつぶやいて、ティンカー・ベルとネバーランドの方向《ほうこう》へ飛《と》び去《さ》った。

ちょうどそのとき、三人《さんにん》の子《こ》どもたちが飛《と》んできた。

ウェンディはネバーランドでの暮《く》らしも楽《たの》しかったが、家《いえ》に帰《かえ》りたかったので、お母《かあ》さんの姿《すがた》を見《み》つけると興奮《こうふん》しながら、

「ああ、お母《かあ》さんだわ！　今《いま》のうちに子《こ》ども部屋《べや》へ行《い》って、何事《なにごと》もなかったようにベッドへ入《はい》りましょう。」

と言《い》って、ベッドにもぐりこんだ。やがて、子《こ》ども部屋《べや》へお母《かあ》さんがやって来《き》た。

「お母《かあ》さん！」

最初《さいしょ》にさけんだのはウェンディだった。

「まあ、ウェンディ、おかえりなさい！　ジョンも！　マイケルも！」

お母《かあ》さんは三人《さんにん》をぎゅうっと強《つよ》くだきしめた。

三人《さんにん》の子《こ》どもたちは、家《いえ》へ帰《かえ》ってからも、ピーターのこと、ティンカー・ベルのこと、そしてネバーランドのことを忘《わす》れなかった。それから、ピーターは二回《にかい》だ

けウェンディのもとへやって来《き》た。もちろん、そのたびに子《こ》どもたちは少《すこ》しずつ大《おお》きくなっていたが、ピーターはまったく変《か》わらなかった。

やがて、ウェンディは大人《おとな》になり、結婚《けっこん》して、ジェインというかわいい女《おんな》の子《こ》のやさしいお母《かあ》さんになった。

ある星《ほし》がきらめく夜《よる》、ウェンディはジェインに語《かた》りかけた。

「ジェイン。お母《かあ》さんは子《こ》どものころ、ピーターという男《おとこ》の子《こ》に出会《であ》って、空《そら》を飛《と》んでネバーランドに行《い》ったのよ。もう大人《おとな》になって飛《と》び方《かた》は忘《わす》れちゃったけど。**ピーターはいつまでもぼくのことを待《ま》っていてねと言《い》ったけど、大人《おとな》になって陽気《ようき》でむじゃきでいられなくなったわたしのことは忘《わす》れちゃったのかしらね。**」

ジェインもいつかピーターとともに、ネバーランドへ行《い》くことになるだろう。ジェインのむすめも、そのまたむすめも……子《こ》どもたちがむじゃきでいるかぎり、ずっと。

作《さく》者《しゃ》について知《し》ろう

写真：アフロ

フランシス・ホジソン・バーネット（1849-1924）

イギリスのマンチェスター生《う》まれ。その後《ご》、アメリカ合衆国《がっしゅうこく》に移住《いじゅう》しました。18歳《さい》のときにはじめて出版社《しゅっぱんしゃ》に送《おく》った小説《しょうせつ》が雑誌《ざっし》にけいさいされ、作家《さっか》の道《みち》を歩《あゆ》むことになりました。

イギリスへの愛着《あいちゃく》

アメリカ合衆国《がっしゅうこく》で暮《く》らしていても生《う》まれ故郷《こきょう》のイギリスのことを忘《わす》れず、いつもイギリス人《じん》のほこりを持《も》ち続《つづ》けていました。そのため、イギリスを舞台《ぶたい》としたお話《はなし》を多《おお》く書《か》きました。

セーラとの共通点《きょうつうてん》

裕福《ゆうふく》な商家《しょうか》に生《う》まれましたが、父親《ちちおや》が3歳《さい》のときに亡《な》くなると生活《せいかつ》が苦《くる》しくなりました。執筆《しっぴつ》で家族《かぞく》を支《ささ》える大変《たいへん》な生活《せいかつ》のなかでも、いつか昔《むかし》の生活《せいかつ》にもどりたいと願《ねが》っていたバーネット自身《じしん》がセーラのモデルかもしれません。

息子《むすこ》の死《し》

執筆《しっぴつ》で忙《いそが》しく家族《かぞく》といっしょに過《す》ごせませんでした。愛《あい》した長男《ちょうなん》が15歳《さい》で亡《な》くなるなど、作家《さっか》としての成功《せいこう》の裏《うら》には悲《かな》しいことも多《おお》かったようです。

ジェームズ・マシュー・バリ (1860-1937)

イギリスのスコットランド生《う》まれ。エディンバラ大学《だいがく》を卒業後《そつぎょうご》は新聞記者《しんぶんきしゃ》になりました。その後《ご》、劇作家《げきさっか》として有名《ゆうめい》になり、劇《げき》『ピーター・パン』は大人気《だいにんき》となりました。晩年《ばんねん》、功績《こうせき》をたたえられ、爵位《しゃくい》を送《おく》られました。

写真：アフロ

ピーター・パンとの共通点《きょうつうてん》

母親《ははおや》が深《ふか》く愛《あい》していた兄《あに》が13歳《さい》で亡《な》くなったとき、母親《ははおや》はなげき悲《かな》しみ、バリに目《め》を向《む》けてくれなくなりました。ピーター・パンは、変《か》わらぬ母親《ははおや》の愛情《あいじょう》を手《て》にいれた永遠《えいえん》の少年《しょうねん》の兄《あに》をうらやましく思《おも》ったバリの悲《かな》しみから生《う》まれたと言《い》えるでしょう。

バリのその他《ほか》の作品《さくひん》

- 小《ちい》さな白《しろ》い鳥《とり》（1902）
- ケンジントン公園《こうえん》のピーター・パン（1906）

バーネットのその他《ほか》の作品《さくひん》

- 小公子《しょうこうし》（1886）
- 秘密《ひみつ》の花園《はなぞの》（1911）
- 消《き》えた王子《おうじ》（1915）

2つの作品《さくひん》が書《か》かれたのはこんな時代《じだい》

『ピーター・パンとウェンディ』のウェンディの故郷《こきょう》であり、『小公女《しょうこうじょ》』の舞台《ぶたい》となったのは、イギリスのロンドンという街《まち》です。これらの作品《さくひん》が書《か》かれた20世紀《せいき》初《はじ》めのイギリスは、仕事《しごと》の機械化《きかいか》に成功《せいこう》してたくさんの物《もの》をつくって売《う》り、とても豊《ゆた》かでした。インドを支配《しはい》するほどで、多《おお》くのイギリス人《じん》が仕事《しごと》のためインドに住《す》んでいました。インドでは、セーラの父親《ちちおや》・クルー大尉《たいい》のようにインド人《じん》の召使《めしつか》いをやとい、裕福《ゆうふく》な暮《く》らしをしていました。

しかし、お金持《かねも》ちと貧《まず》しい人《ひと》の生活《せいかつ》は大《おお》きなへだたりがあり、お金《かね》がなければ子《こ》どもであっても、セーラやベッキーのように働《はたら》かなければなりませんでした。セーラは、つらい暮《く》らしのなかでも、得意《とくい》の空想《くうそう》の力《ちから》でみなを幸《しあわ》せにしました。そんなセーラの生《い》き方《かた》は、現代《げんだい》のわたしたちを勇気《ゆうき》づけてくれます。

<参考文献《さんこうぶんけん》>

- 『小公女』脇明子訳、岩波少年文庫、2012年
- 『小公女』畔柳和代訳、新潮文庫、2014年
- 『ピーター・パンとウェンディ』石井桃子訳、福音館書店、1972年
- 『ピーター・パン』厨川圭子訳、岩波少年文庫、2000年
- 『英米児童文学の黄金時代』桂宥子、髙田賢一、成瀬俊一編著、ミネルヴァ書房、2005年

トキメキ夢《ゆめ》文庫《ぶんこ》　刊行《かんこう》のことば

長《なが》く読《よ》み継《つ》がれてきた名作《めいさく》には、人生《じんせい》を豊《ゆた》かで楽《たの》しいものにしてくれるエッセンスがつまっています。でも、小学生《しょうがくせい》のみなさんには少《すこ》し難《むずか》しそうにみえるかもしれませんね。そんな作品《さくひん》をよりおもしろく、よりわかりやすくお届《とど》けするために、トキメキ夢文庫《ゆめぶんこ》をつくりました。日《に》本《ほん》の新《あたら》しい文化《ぶんか》として根《ね》づきはじめている漫画《まんが》をとり入《い》れることで、名作《めいさく》を身近《みぢか》に親《した》しんでもらえるように工夫《くふう》しました。

ぜひ、登場人物《とうじょうじんぶつ》たちと一緒《いっしょ》になって、笑《わら》ったり、泣《な》いたり、感動《かんどう》したり、悩《なや》んだりしてみてください。そして、読書《どくしょ》ってこんなにおもしろいんだ！　と気《き》づいてもらえたら、とてもうれしく思《おも》います。

この本《ほん》を読《よ》んでくれたみなさんの毎日《まいにち》が、夢《ゆめ》いっぱいで、トキメキにあふれたものになることを願《ねが》っています。

2016年《ねん》7月《がつ》　新星出版社編集部《しんせいしゅっぱんしゃへんしゅうぶ》

＊今日では不適切と思われる表現が含まれている作品もありますが、時代背景や作品性を尊重し、そのままにしている場合があります。

＊原則として、小学六年生までの配当漢字を使用しています。語感を表現するために必要であると判断した場面では、中学校以上で学習する漢字・常用外漢字を使用していることもあります。

＊より正しい日本語の言語感覚を育んでもらいたいという思いから、漫画のセリフにも句読点を付加しています。

原作＊フランシス・ホジソン・バーネット（小公女）
ジェームズ・マシュー・バリ（ピーター・パンとウェンディ）
編訳＊栗生こずえ（小公女）／高橋みか（ピーター・パンとウェンディ）
マンガ・絵＊アキ（小公女）／柚月もなか（ピーター・パンとウェンディ）
本文デザイン・DTP＊（株）ダイアートプランニング（高島光子、白石友祐）
装丁＊小口翔平＋上坊菜々子（tobufune）
構成・編集＊（株）スリーシーズン（藤門杏子、木村泉）

トキメキ夢文庫 小公女

原　作　F・H・バーネット
　　　　J・M・バリ
編　者　新星出版社編集部
発行者　富永靖弘
印刷所　株式会社高山

発行所　東京都台東区台東２丁目24　株式会社 新星出版社
〒110-0016 ☎03（3831）0743

ISBN978-4-405-07239-8

『ピーターパンとウェンディ』
人物相関《じんぶつそうかん》チャート

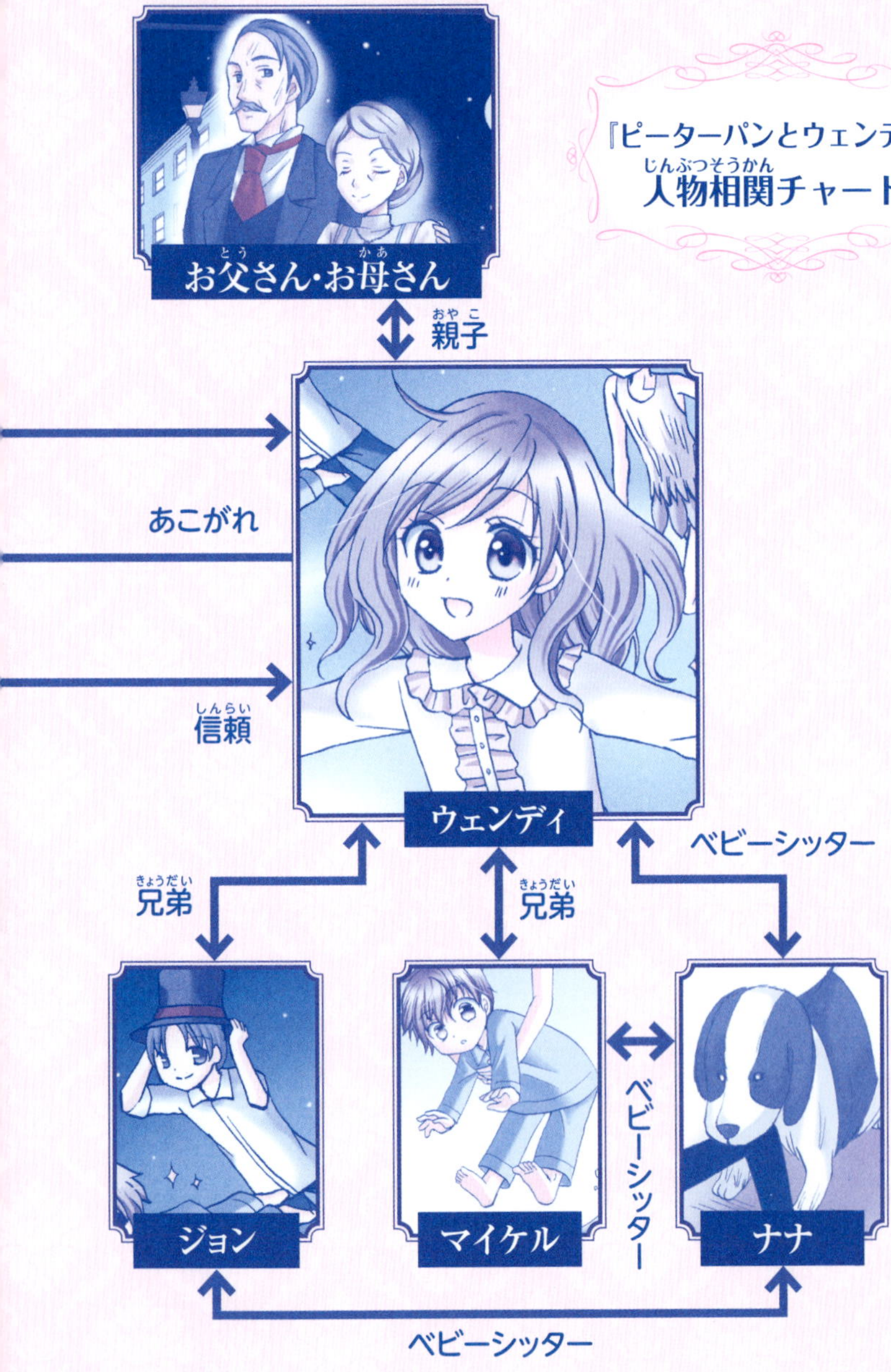

まいごたちは、ピーターをむかえに行《い》くために、かくれがを出《で》ることにした。

彼《かれ》らは、ふわふわのくまの毛皮《けがわ》に身《み》をつつみ、一列《いちれつ》になって歩《ある》いた。

先頭《せんとう》は、何《なに》をやるにもついていないトートルズ、二番目《にばんめ》は明《あか》るくほがらかなニブス、三番目《さんばんめ》はうぬぼれやのスライトリー、四番目《よんばんめ》はわんぱくなカーリー、そしてそのあとに、見分《みわ》けのつかないふたごが続《つづ》いた。

まいごたちが通《とお》り過《す》ぎたあとに、海賊《かいぞく》たちがやって来《き》た。

みんな、おそろしい顔《かお》つきをしている。なかでも、とりわけすごみのあるのが、船長《せんちょう》のフックだった。

その右手《みぎて》の先《さき》には、ピーターが言《い》っていた、あのおそろしい鉄《てつ》のかぎがついている。

フック船長《せんちょう》は、自分《じぶん》の右手《みぎて》を切《き》り落《お》としたピーターのことをとてもにくんでいた。

そこで、ピーターと仲《なか》のよい六人《ろくにん》のまいごたちもろとも殺《ころ》してしまおうと、いつもチャンスをねらっているのである。

ピーターの帰《かえ》りがあまりにおそいので、まいごたちが心細《こころぼそ》くなってきたころ、海《かい》賊《ぞく》たちのぶきみな歌《うた》が聞《き》こえてきた。

六人《ろくにん》はその歌《うた》を聞《き》くやいなや、すばやくかくれがのなかへと飛《と》びこんだ。このあたりには七本《ななほん》の大《おお》きな木《き》があり、それぞれのみきに子《こ》どもが入《はい》れるくらいの穴《あな》がある。これが、地下《ちか》にあるかくれがへの入《い》り口《ぐち》なのだった。

ピーターと六人《ろくにん》のかくれがへの入《い》り口《ぐち》をフック船長《せんちょう》はずっと探《さが》していた。今日《きょう》こそ見《み》つけ出《だ》そうとフック船長《せんちょう》の指示《しじ》で手下《てした》たちがあたりへ散《ち》らばると、船長《せんちょう》は水夫《すいふ》